당나귀는
당나귀답게

아지즈 네신의 삐뚜름한 세상 이야기

당나귀는 당나귀답게

아지즈 네신 지음 | 이난아 옮김 | 이종균 그림

푸른숲주니어

차 례

위대한 똥파리

    고층 건물들이 밀집되어 있는 어느 대도시의 한켠에 다세대 주택이 한 채 있었다. 건물의 가장 아래층은 반지하여서, 햇빛이 아주 조금씩밖에 들지 않았다.

    좁은 골목에 양쪽으로 늘어서 있는 많은 고층 건물들이 이 반지하의 집에 햇빛이 들어가는 것을 막고 있었다. 그래서 이 집은 아침엔 햇살이 늦게 들어오고, 밤에는 어둠이 아주 빨리 깔리곤 하였다.

    반지하 집에는 아빠와 엄마, 그리고 아들, 이렇게 세 식구가 살았다. 아빠와 엄마는 직장에 다녔고, 아들은 얼마 전에 중학교에 입학했다.

    그 사건이 일어났던 날은 아빠와 엄마가 직장에서 아직 돌아오지 않은 저녁 무렵이었다. 중학생짜리 아들은 학교에서 돌아온 뒤 책상 앞에 앉아서 얼마간 공부를 하였다. 그러다 공부하던 책을 책상 위에 그대로 펼쳐 놓은 채 친구들과 놀기 위해 밖으로 나갔다.

집에는 아무도 없었다. 오직 파리들만이 있었다. 해가 떨어지기 직전이라 바깥은 아직 밝았지만 집 안은 이미 어두워지고 있었다.

파리는 어둠 속에서는 날지를 못했다. 그래서 집 안에 전등이 켜지든가 날이 밝아오든가 할 때까지, 있던 자리에서 그대로 꼼짝 않은 채 기다릴 수밖에 없었다. 그 때문에 어두워지는 집 안에서 움직이는 것이라곤 아무것도 없었다.

아, 한 마리 있었다. 젊은 파리 한 마리가 있었다. 밝은 곳으로 나가기 위해 쉬지 않고 날갯짓을 하는 젊은 파리……. 아까부터 그 젊은 파리는 계속해서 유리창에 몸을 부딪히고 있었다.

그는 유리창 저편으로 가기 위해 안간힘을 쓰고 있는 중이었다. 유리창 너머는 아직 밝기 때문이었다. 끊임없이 유리창에 부딪히면서도 지치지 않고 계속해서 시도를 하였다. 의욕도 넘치고 힘도 넘치는 파리였다. 그는 어떻게 하면 밝은 바깥으로 나갈 수 있을지 그것만 궁리하였다.

다른 파리들은 나이와 경험이 많을뿐더러 학식까지 풍부했다. 그들은 유리창에 헛되이 부딪히는 젊은 파리에게 진심 어린 충고를 하였다.

"쓸데없는 짓 하지 마라. 나갈 수 없으니까."

젊은 파리가 대답했다.

"하지만 전 이 어두운 곳에 갇혀 있을 수 없어요. 보세요, 밖은 아직 환하잖아요. 저는 밝은 곳으로 가고 싶어요."

늙은 파리 중 한 마리가 말했다.

"네가 지금 자꾸 부딪히는 것이 무엇인지 아직 모르겠느냐? 그건 유리라고 하는 거란다. 유리는 투명해서 이쪽에서 저쪽을 볼 수 있지. 이쪽에서 저쪽이 보이기 때문에 너 같은 젊은 파리들은 아무것도 없다 생각하고 계속해서 부딪히는 거란다."

젊은 파리가 대답했다.

"네, 옛날에는 유리가 뭔지 몰랐어요. 하지만 머리와 날개를 계속 부딪히면서 이제는 그것이 무엇인지 저도 알게 되었어요."

젊은 파리는 말을 마친 뒤, 어두컴컴해진 집 안의 공중에서 몇 번인가 원을 그리고는 전보다 더 속력을 내어 날아갔다.

늙은 파리 중 한 마리가 다시 그에게 말했다.

"유리가 무엇인지 안다면서 왜 그렇게 계속 부딪히고 있는 것이냐? 네가 어떤 짓을 해도 유리를 뚫고 나갈 수는 없을 게다. 쓸데없이 애쓰지 말거라. 다친다."

다른 파리들도 젊은 파리에게 유리는 뚫을 수 없다는 사실을 설명하려 애썼다.

"너 자신이 불쌍하지도 않니? 계속해서 부딪히다간 너만 다칠 뿐이야. 그러지 말고 너도 우리처럼 마음에 드는 곳을 찾아서 아침이 올 때까지 기다리도록 해."

하지만 젊은 파리는 자신의 뜻을 굽히지 않았다.

"바깥은 아직도 환하잖아요. 전 이 어둠 속에 마냥 머물러 있을 수 없어요."

늙은 파리가 다시 말했다.

"곧 사방이 어두워질 게다. 밤이 오고 있으니까. 그러면 누구나 어둠 속에 있게 되는 거야."

젊은 파리가 대답했다.

"저도 알아요. 차라리 밤이 와서 사방이 어두워지면 다른 희망이 남지 않지요. 그렇지만 지금은 바깥이 환하잖아요."

젊은 파리는 말을 마치자마자 또다시 빠른 속도로 날아가 유리창에 몸을 부딪혔다. 백 번째 시도였다. 아니, 어쩌면 백 번째가 훨씬 넘는지도 몰랐다. 그때까지 한마디도 하지 않고 있던 늙은 파리 한 마리가 젊은 파리에게 말했다.

"네가 불쌍하구나. 얘야, 유리를 통과하지 못한다는 것을 뻔히 알면서 왜 그렇게 자꾸 몸을 부딪히는 거냐?"

그 저돌적인 젊은 파리가 말했다.

"하지만 희망이 있잖아요. 저의 이 시도는 희망을 나타내는 거예요. 밖이 환한 이상 희망을 버릴 수 없어요."

"하지만 너는 절대로 유리 저편으로 통과할 수 없어. 그건 불가능한 일이니까."

"알아요, 통과하지 못한다는 거. 하지만 알 수 없잖아요. 이렇게 하다 보면 언젠가는 통과하게 될지도……. 만약 제가 통과한다면요?"

늙은 파리는 화가 잔뜩 나서 소리를 버럭 질렀다.

"이 바보야, 통과할 수 없다니까!"

그러자 젊은 파리가 물었다.

"그렇다면 빛은 어떻게 유리를 통과하지요?"

늙은 파리가 또다시 소리를 질렀다.

"이런 엉뚱한 놈! 넌 파리야. 빛이 아니란 말이야! 혹시 네가 빛이라고 착각하는 것 아니냐? 이 멍청한 놈!"

그러자 다른 파리들도 한마디씩 거들며 잘난 척을 하였다.

"빛은 유리를 통과하지. 하지만 소리는 유리를 절대로 통과하지 못해."

그래도 젊은 파리는 꿋꿋했다.

"어쩔 수 없지요, 뭐. 하지만 전 밝은 곳으로 나가려는 시도를 계속할 거예요."

이렇게 말한 후, 다시 공중으로 날아올라 유리창으로 돌진했다. 이번에는 너무나 빠른 속도로 부딪혔기 때문에 그 충돌의 여파가 매우 컸다. 젊은 파리는 힘없이 창문턱으로 떨어지고 말았다. 그러나 좌절하지 않았다. 가느다란 다리로 몸을 어루만진 뒤 날개를 곧게 폈다.

잠시 후, 젊은 파리는 다시 날아서 빠른 속도로 유리창에 부딪혔다. 늙은 파리가 근엄하게 말했다.

"이건 마지막으로 하는 말이다. 넌 밖으로 절대 나갈 수 없어! 쓸데없는 짓 하지 마라. 다친다, 다쳐!"

그러자 젊은 파리가 화를 내며 말했다.

"아니, 그럼 당신들은 밝은 세상으로 나가려 애쓰지도 않고 여기 앉아서 뭘 하시는 건가요? 아무것도 하지 않잖아요! 그냥 그렇게 앉아서 시간만 죽이고 있으면 되나요? 전 당신들처럼 시간만 죽일 순 없어요. 최소한 탈출구를 찾기 위해 희망을 갖고 노력은 해야지요. 제가 하는 일이 죽치고 앉아 있는 것보다 훨씬 더 낫다고 생각해요. 그러니 제발 제 일에 간섭하지 마세요."

늙은 파리들은 체념하였다. 말귀를 전혀 알아듣지 못하는 이 고집불통에게 더 이상 충고를 하는 것은 쓸데없는 일이란 생각이 들었다. 이 고집쟁이 젊은 파리는 자신들이 무슨 말을 해도 말릴 수 없다고 느꼈기 때문이다.

그들 중 누군가는 젊은 파리가 바보라고 생각했고, 또 누군가는 미쳤다고 생각했다. 하지만 이제는 딱딱한 유리창에 게 속해서 부딪히든 말든 내버려 둘 작정이었다.

어차피 잠시 후면 밖은 어두워질 것이고, 젊은 파리도 자리를 잡고 앉아 아침이 오기를 기다리는 수밖에 없을 테니까. 다음날 다시 날기 위해서……

저돌적이며 희망에 찬 파리는 쉬지 않고 유리 저편의 밝은 곳으로 갈 수 있는 방법을 찾고 있었다. 지치지도 않았고 절망하지도 않았다.

그러다가 이 집 아들이 조금 전까지 공부를 하고 있던 책상 위에 내려앉았다. 아이가 공부하던 책이 그대로 펼쳐져 있었다. 젊은 파리는 배우려고 하는 욕구가 워낙 강했기 때문에 글도 읽을 줄 알았다.

그는 펼쳐진 부분을 읽기 시작했다. 책에는 빛에 관한 설명이 씌어 있었다. 그 내용이 아주 흥미로웠다. 그 페이지에 실린 구절은 이랬다.

고양이의 꼬리에 깡통을 달아 두면 어떻게 될까? 고양이는 자신의 꼬리에 달려 있는 깡통 소리가 무서워서, 그 소리로부터 벗어나기 위해 아주 빨리 달린다. 그러다 유리창에 부딪히고 마는데…… 이때 고양이가 유리창을 깨지 않고 통과하기 위해서는 어떻게 해야 할까?

같은 페이지에 이 물음에 대한 답이 나와 있었다.

고양이가 아주 빠르게 달려야 한다. 그리하여 광속에 도달한다면 유리창을 깨지 않고도 통과할 수 있다. 하지만 실제로는 불가능하다. 빛은 초당 삼십만 킬로미터의 속도로 가는데, 고양이가 그만큼 빠른 속도로 달릴 수 없기 때문이다. 결국 이것은 하나의 가설에 불과할 뿐이다.

그러니까 빛의 속도만큼 빠르게 날 수 있다면 유리 저편으로 통과할 수 있다는 얘기였다. 젊은 파리는 이 흥미로운 지식을 알게 되자 기쁨을 감출 수가 없었다. 이번에는 기필코 그

시도를 해 보리라고 다짐했다.

젊은 파리는 비상 속도를 높이기 위해 뒤쪽으로 멀찍이 물러났다. 그곳에서 가속도를 붙여 날아오른 뒤 유리창을 향해 돌진했다. 하지만 역시 유리창 너머로는 통과하지 못했다.

그러자 속도가 충분하지 않다는 생각이 들었다. 이번에는 더 빠른 속도로 날아가 부딪혔다. 이렇게 빠르게 날아가 부딪히는 시도를 몇 차례나 되풀이했다.

그러다 어느 순간, 그는 유리창 위에 납작하게 붙어 버렸다. 너무나 빠른 속도로 날아가서 부딪혔기 때문이었다. 피부가 갈기갈기 찢기면서 몸 전체가 짓이겨졌다. 이윽고 피가 유리창 위로 서서히 번져 나갔다. 젊은 파리는 그대로 죽고 말았다.

집 안에 있던 파리들은 젊은 파리의 시체 주위로 모여들었다. 그들은 통곡을 하였다. 그동안 파리가 죽는 것을 수없이 많이 봐 왔지만, 단 한 번도 이렇게 슬퍼하면서 눈물을 흘린 적은 없었다. 그들에게 젊은 파리의 죽음은 의미가 달랐다.

파리들은 눈물을 흘리며 젊은 파리의 시체 앞에서 돌아가며 한마디씩 하기 시작했다.

"그는 파리들의 선구자다. 우리 모두를 위해 탈출구를 찾으려 노력했다."

"그는 희망의 상징이다. 우리 모두에게 희망을 심어 주려고
했어."

"불가능한 일을 가능하게 하려다 죽은 거야."

"너를 절대로 잊지 않겠다."

"너는 파리들의 역사에 빛나는 한 페이지를 장식했다. 너의
전투 정신은 우리 역사에 황금 글씨로 새겨질 것이다."

파리들은 눈물을 흘리며 젊은 파리의 시체 앞에서 경건하게
묵념을 했다. 그곳에 모여 있던 파리들 중 나이가 가장 많고
학식도 가장 풍부한 파리가 말했다.

"이 용감한 파리의 주검을 기리기 위해 유리 위에 기념비로
남기도록 하자. 밝은 세상으로 나가기 위해서 목숨을 바친 그
의 영혼이 거룩하기 때문이다."

다른 파리들도 유리창에 붙어 있는 죽은 파리의 흔적을 기
념비로 남기자는 의견에 찬성하였다. 어차피 파리의 주검은
오래지 않아 유리창에 붙은 채로 마를 것이며, 그 자체가 이미
멋진 기념비가 될 것이기 때문이었다.

가장 나이 많은 파리가 말했다.

"그는 이곳에서 영원히 살 것이다. 파리들은 영원히 그를 잊
지 못할 것이다!"

이제 바깥도 어두워졌다. 밤이 온 것이었다. 파리들은 자신

들이 있던 자리에 그대로 앉아 있었다. 잠시 후, 직장에서 퇴근한 엄마가 집 안으로 들어왔다.

그녀는 집 안에 전등을 켰다. 그리고는 창문의 커튼을 치려고 하다가 유리창에 붙어 있는 파리의 시체를 보았다. 그녀는 걸레로 그곳을 쓰윽 닦아 내었다. 유리창에 붙어 있던 파리의 시체는 순식간에 사라지고 말았다.

늙은 파리가 한 말은 옳았다. 젊은 파리의 기념비는 영원히 남았다. 영원이라는 것은 생물체에 따라 다르다. 나비에게 영원이 세 시간이라면, 사람에게는 삼만 년이고, 파리에게는 몇 시간 동안이기 때문이다.

기념비로 남은 젊은 파리는 파리들의 역사에 영웅으로 기록되었다. 하지만 어떤 파리는 여전히, 그가 불가능한 시도를 하다가 죽었으므로 바보 혹은 미친놈에 불과하다고 말했다. 어느 쪽이 맞을까? 파리들은 각자의 마음이 내키는 대로 이해하기로 결정했다.

요즘도 저편의 밝은 곳으로 가기 위해 쉼없이 유리창에 부딪히며 애를 쓰는 파리들이 있을 것이다. 그러다 목숨을 잃기도 할 것이다. 그리고 여전히 그런 것을 바보짓이라고 생각하며 어두운 곳에 죽치고 앉아 있는 파리들도 있을 것이다.

어떤 길을 택할 것인지는 파리들 자신이 알아서 할 일이다. 하지만 진실은 있다. 어둠 속에 죽치고 앉아 있는 파리의 기념비가 세워졌다는 얘기는 파리들의 역사 그 어디에도 기록되어 있지 않으니까.

거세된 황소가 우두머리로 뽑힌 사연

내가 여러분한테 다음과 같은 질문을 던진다면 무엇이라고 대답을 할까?

"숲속의 왕은 누구입니까?"

열에 아홉은 이렇게 대답할 것이다.

"숲속의 왕은 사자예요!"

그렇다, 숲속의 왕은 사자이다. 숲은 동물들의 나라이다. 그렇다면 사자는 모든 동물의 왕이 되는 셈이다. 여러분이 어렸을 적에 읽었던 동화나 옛날이야기에서도 사자가 동물의 왕으로 나왔던 일은 아주 흔했다.

현대로 오면서, 많은 나라가 왕을 모시지 않게 되었다. 왕국은 이제 역사에나 남아 있는 것이다. 지금은 왕의 자리를 대통령이나 수상이 대신하고 있다. 그러므로 그 옛날 동물들의 왕이라 일컬어지던 사자도 이제는 왕이 아니라 동물들의 우두머리에 불과하다.

왕위는 아버지에게서 아들에게로 계승된다. 하지만 대통령이나 수상은 국민들에 의해 선출된다. 동물들도 언제인가부터 자신들의 우두머리를 스스로 뽑고 싶어졌다.

동물들의 역사에서 그들의 왕 혹은 우두머리로는 언제나 사자가 뽑혔다. 그런데 어쩌다 딱 한 번 황소가 동물들의 우두머리로 뽑혔던 적이 있었다. 딱 한 번일지라도 동물들은 자신들이 황소를 우두머리로 뽑았던 일을 아주 수치스럽게 여겼다.

아무리 생각해도 황소를 우두머리로 뽑았던 일은 동물들의 역사에서 돌이킬 수 없는 오점이었던 것이다. 그런데 어쩌다가 동물들은 황소를 자신들의 우두머리로 뽑게 되었을까?

왕국 시대에서 왕인 사자가 죽으면, 그 사자의 큰아들이 그 자리에 앉도록 되어 있었다. 그런데 왕국 시대가 막을 내리고 '대통령' 또는 '수상'이라는 이상한 지위가 생기자, 동물들도 자신들의 우두머리를 직접 선출하기 시작했다. 선거를 하기 위해서는 최소한 두 명 이상의 후보자가 필요했다.

동물들은 우두머리 선출에 앞서 후보자 추천을 받았다. 역사 이래로 쭉 동물들의 왕을 지냈던 사자는 자연스럽게 후보에 등록되었다.

그리고 호랑이가 후보로 나섰다. 이 우두머리 선거에서 사자의 가장 커다란 경쟁자는 단연 호랑이였다. 곧 두 후보의 선거 운동이 시작되었는데, 어찌나 격렬하던지 살벌하기 짝이 없었다. 두 후보는 틈만 나면 서로를 헐뜯고 비방하였다.

동물들은 역사 이래로 언제나 왕이었던 사자가 또다시 우두머리가 되는 것은 지겨운 일이라고 생각했다. 그들은 변화, 즉 새로운 것을 원했다. 이 때문에 선거에서 호랑이가 이길 확률이 다소 높아지는 듯이 보였다.

하지만 호랑이는 사자에 비해 경험이 적기 때문에 능력이 떨어질 것이라고 생각하는 동물들도 적지 않았다. 과연 호랑이가 우두머리 노릇을 잘해 낼 수 있을지 의구심을 가지는 것이었다. 그렇게 보면 또 호랑이가 우두머리로 선출되는 것 역시 그리 확실한 일은 아닌 듯싶기도 했다.

사자는 만에 하나라도 호랑이가 선거에서 이길까 봐 두려워지기 시작했다. 호랑이도 사자가 우두머리로 선출될지도 모른다는 생각에 걱정스런 마음이 들었다.

사자는 선거에서 자신이 뽑히지 않을 바에야, 호랑이 말고 그 누가 선출되든 상관이 없다고 생각했다. 호랑이도 마찬가지였다. 자신이 뽑히지 않는다면, 사자 말고 다른 그 어떤 동물이 우두머리로 선출된다 해도 봐줄 수 있을 듯했다.

둘 다 이런 걱정에 휩싸여 있다가, 엉뚱하게도 물소를 칭찬하기 시작했다. 사자도 호랑이도 선거 유세에서 침이 마르게 물소를 칭찬했다.

물소는 어차피 자신들과는 지위가 다르기 때문이었다. 물소는 행동이 느려터진 동물이 아닌가. 그리고 그리 영리한 편도 아니었다. 사실 힘이야 세다고도 할 수 있지만, 어린아이조차도 손쉽게 몰 수 있을 만큼 순하디순한 동물에 속했다.

사자는 호랑이가 우두머리로 선출되는 것이 두려워서, 호랑이는 사자가 우두머리로 선출되는 것이 싫어서 끊임없이 물소를 칭찬했다. 그리하여 결국 동물들은 물소를 우두머리 후보에 올려 주었다.

사자의 가장 큰 적수가 호랑이라면, 물소의 가장 큰 경쟁자는 하마였다. 하마는 물소가 우두머리 후보로 지명된 것을 알고는 자신도 후보가 되어야 한다고 생각했다. 하마는 자신이 물소보다 몸집이 큰 데다 힘까지 더 세기 때문에 우두머리 자리에 훨씬 잘 어울린다고 주장하였다. 그 말도 맞았다.

선거 유세는 이제 불꽃 튀게 진행되었다. 동물들 중 누구는 물소를, 누구는 하마를 지지했다.

사자는 호랑이가, 호랑이는 사자가 우두머리로 되는 것을 죽도록 싫어하듯이, 물소도 하마가, 하마도 물소가 우두머리로 되는 것을 죽도록 싫어했다.

하마는 자신의 적인 물소가 우두머리로 선출되지만 않는다면 다른 그 어떤 동물이 선출되더라도 상관없을 것 같았다. 물소도 마찬가지였다. 하마만 우두머리가 되지 않는다면 누가 되든 신경쓰고 싶지 않았다.

이런 마음으로 그들은 격렬한 논쟁을 벌이며 끊임없이 서로를 비방하였다. 그러다가 물소는 평생토록 단 한 번도 자신과 비교해 본 적 없었던 곰을 칭찬하기 시작했다. 하마에게도 곰은 가치 있는 동물이 아니었다. 물소도 하마도 곰을 우습게 보았기 때문에 질투를 하지 않았다. 이 때문에 둘 다 입에 침이 마르게 곰을 칭찬하기 시작했다.

물소와 하마가 곰을 어찌나 칭찬했던지, 결국 동물들의 지지를 얻어 곰이 우두머리 선거의 후보에 오르게 되었다. 곰이 우두머리 선거의 후보에 오르자, 곰의 가장 큰 적인 멧돼지가 가만히 있을 수 없었다. 멧돼지 역시 그를 동조하는 자들에게 힘입어 후보에 올랐다.

이 두 숙적, 그러니까 곰과 멧돼지는 선거 유세에서 서로를 무지막지하게 헐뜯기 시작했다. 그러다가 곰은 '혹시 멧돼지가 선출되면 어쩌지?' 하고 고민했고, 멧돼지 또한 '곰이 우두머리가 되면 어쩌지?' 하면서 두려움에 떨었다. 곰만 아니라면 당나귀가 우두머리가 된다고 해도 불만이 없을 듯했다.

그래, 당나귀! 곰 역시 멧돼지가 선출되느니 당나귀가 우두머리로 되는 게 낫다고 생각했다. 결국 곰도 멧돼지도 서로를 질투한 나머지 당나귀를 마구 칭찬하기 시작했다.

당나귀는 슬픈 목소리에다 음악에의 깊은 조예, 그리고 그 누구보다 긴 귀를 가졌다는 것을 장점으로 내세워, 동물들의 우두머리가 될 소양이 있음을 인정받았다.

당나귀가 우두머리 후보에 오르자, 그의 가장 큰 경쟁자인 말이 가만히 있을 수가 없었다. 말은 당나귀보다 귀족인 데다 키도 크고 달리기도 잘했다. 그리하여 말도 후보에 올랐다.

이번에는 말과 당나귀가 선거 유세에서 서로를 비방하기 시작했다. 혹시 당나귀가 선출된다면, 이것은 말에게 죽음보다도 더 가혹한 일이었다. 당나귀도 말이 우두머리가 되는 꼴을 보느니 차라리 죽어 버리는 게 낫다고 생각했다. 목숨을 걸고라도 말이 우두머리가 되는 것만은 막아야 했다.

당나귀는 자신보다 키가 크기 때문에 우두머리가 되어야 한다고 주장하는 말에게 낙타의 키가 더 크다고 말해 주었다. 말은 이에 반박할 여지가 없었다. 그래서 말도 당나귀와 함께 낙타를 칭찬하기 시작했다. 이렇게 되자 낙타를 지지하는 동물들이 그를 후보에 올렸다.

낙타가 후보가 되자 이번에는 기린이 들고일어났다. 키로 얘기하자면 기린을 따라갈 동물이 없었기 때문이다. 동물들은 이제 낙타를 지지하는 쪽과 기린을 지지하는 쪽으로 나뉘었다. 머지않아 기린은 낙타가 우두머리가 되면 어쩌나, 하고 두려움에 휩싸여 들었다. 낙타도 기린이 우두머리가 될지도 모른다는 생각에 근심스러워지기 시작했다.

이 둘은 서로를 비방하며 자신들보다 더 못하다고 생각하는 여우를 칭찬하기 시작했다. 여우는 이렇게 영리하고, 저렇게 꾀가 많다는 둥 하면서 끊임없이 칭찬을 해 댔다. 이 칭찬이 쓸모가 있었던지, 여우도 곧 우두머리 후보에 오르게 되었다.

그러자 이번에는 담비가 질투를 느꼈다. 담비는 자신이 여우보다 꾀가 더 많다고 주장하며 스스로 후보에 올랐다. 여우는 담비만 아니라면 자신이 우두머리가 될 것이라고 확신하였다. 담비 역시 속으로는 여우가 우두머리가 될까 봐 두려워하고 있었다.

이 둘은 영원한 숙적이었다. 담비는 여우를 이길 자는 늑대밖에 없다고 생각했다. 그래서 늑대를 칭찬하기 시작했다. 여우도 늑대를 칭찬하는 것이 나쁘지 않다고 생각했다.

자신의 영원한 적인 담비만 우두머리가 되지 않는다면, 늑대에게 죽도록 얻어맞아도 상관없다고 생각했다. 담비와 여우가 늑대를 칭찬하기 시작하자 다른 동물들이 늑대를 후보로 지명했다.

육식 동물들 중에서 물어뜯는 것에 관한 한 따를 자가 없는 하이에나는 늑대가 후보에 올랐다는 소식을 듣고는 참을 수가 없었다. 그래서 자신도 후보에 올랐다. 늑대는 하이에나가 썩은 고기를 먹는다고 헐뜯기 시작했다. 하이에나는 늑대가 살아 있는 것들을 물어뜯는다고 비방하였다.

늑대는 '혹시 다른 동물들이 하이에나의 말을 믿으면 어쩌지?' 하고 속으로 끙끙거렸으며, 하이에나는 '늑대가 우두머리가 되면 안 되는데…….' 하면서 두려움에 떨기 시작했다. 늑대는 하이에나만 우두머리가 안 된다면 다른 어떤 동물이 우두머리가 되어도 상관없다고 생각했다. 설령 그게 개일지라도.

그래, 개! 하이에나도 늑대가 우두머리가 되느니 차라리 개가 되는 편이 낫다고 생각했다. 이 둘은 끊임없이 서로를 비방하면서도 한편으로는 개를 칭찬하기 시작했다. 개에 대한 칭찬이 도에 지나친 결과, 이번에는 개가 우두머리 후보에 오르게 되었다.

개가 후보에 오르면서 개의 천적인 고양이가 가만히 있을 수 없었다. 그래서 고양이도 후보에 올랐다. 선거 유세에 들어간 개와 고양이는 끊임없이 서로를 헐뜯었다. 천적이 우두머리로 뽑힐지도 모른다는 생각에 둘 다 두려움을 느꼈던 것이다.

결국 개는 거세된 황소를 칭찬하기 시작했다. 왜냐하면 황소를 아주 얕잡아 봤기 때문이다. 사실 그랬다. 황소는 몸집이 큰 동물이기는 하지만, 사람들이 거세를 했기 때문에 성(性)을 잃어버리고 말았다. 결국 이도 저도 아닌 셈이었다. 그때문에 그 누구도 황소를 질투하지 않았다. 칭찬을 해도 자존심 상할 것이 하나도 없었다.

고양이는 개만 우두머리가 되지 않는다면 황소가 되어도 상관없다고 생각했다. 어차피 황소는 암컷도 수컷도 아니었다. 새끼를 가질 수 없기 때문에 자손도 끊겨 버릴 것이었다. 고양이도 개도 입이 아프게 황소를 칭찬하였다.

천적인 개와 고양이가 황소를 어찌나 칭찬했던지, 결국 황소마저 다른 동물들의 요청을 거절하지 못하고 우두머리 후보로 나서게 되었다.

황소의 적은 없었다. 왜냐하면 암컷도 아니고 수컷도 아니기 때문이다. 거세를 해서 성적 특성이 없었으므로, 그 어떤 동물도 황소를 자신과 평등하게 보거나 적으로 생각하지 않았다. 그 누구도 황소를 질투하지 않았다.

이렇게 해서 모든 후보자는 서로를 헐뜯었지만 오로지 황소만은 칭찬을 하였다. 결국 황소는 그 선거에서 대다수의 표를 얻어 동물들의 우두머리가 되었다.

동물들은 황소를 우두머리로 만든 것이 자신들에게는 수치라는 사실을 아주 나중에야 깨달았다. 하지만 다음 선거까지는 어찌할 도리가 없었다. 이미 엎질러진 물이었다. 결국 황소가 우두머리였던 시기는 동물들의 역사에서 몹시 수치스런 한 페이지로 남게 되었다.

기우제와 관절염

　지금으로부터 수십 년 전, 아이와르크시와 부르하니에시 사이에는 터키 사람들이 사는 마을과 그리스 사람들이 사는 마을이 있었다. 이 마을들은 서로서로 이웃해 있었는데, 어떤 지역에서는 터키 사람들과 그리스 사람들이 함께 섞여 살기도 했다.

　베이셸 호자라는 이맘(이슬람 사원의 예배 지도자)이 살고 있는 터키 마을도 그러한 곳이었다. 터키 사람들이 주로 살았지만 그리스 사람들이 사는 집도 몇 채 끼어 있었다.

　그 옆에는 그리스 사람들이 주로 사는 마을이 있었다. 모두들 그곳을 '룸(무슬림 지역에 사는 그리스 인) 마을'이라 불렀는데, 그곳 역시 터키 사람들이 사는 집이 몇 채 끼어 있었다. 룸 마을에는 바실이라는 목사가 살았다.

두 마을 사람들은 서로서로를 몹시 좋아했다. 하지만 베이셀과 바실의 사이는 썩 좋지 못했다. 왜냐하면 두 사람은 종교지도자라는 지위 외에도 사람들의 병을 치료하는 일을 맡고 있었기 때문이다. 두 사람은 그 일로 돈을 벌어먹고 살았다.

마을 사람들은 기도를 통해 병을 치료하는 그들의 능력을 절대적으로 믿었다. 바로 이것 때문에 두 사람은 시시때때로 서로를 질투하지 않을 수 없었다. 그렇지만 겉으로는 아무렇지도 않은 척 인사를 주고받았으며, 필요한 경우에는 만나서 진지하게 대화를 나누기도 했다.

어느 해인가, 여름과 가을에 비가 하도 적게 내려서 농사가 잘되지 않았다. 그 바람에 수확이 신통치 않자, 두 마을 사람들의 걱정이 이만저만이 아니었다.

터키 마을 사람들과 룸 마을 사람들은 비가 필요한 시기가 되면 앞다투어 기우제를 지냈다. 룸 마을 사람들은 바실의 뒤를 따라 가까운 산으로 올라간 뒤, 비가 오게 해 달라고 밤새워 기도를 올렸다. 터키 마을 사람들도 베이셀의 뒤를 따라 산으로 올라가 기우제를 지냈다.

두 사람의 기도 중 어느 쪽이 더 효력 있는지를 알아보기 위해, 마을 사람들은 서로 다른 시각에 산으로 올라가 보기도 하였다. 터키 마을 사람들과 룸 마을 사람들은 누구의 기도가 비를 내리게 할지 진짜로 궁금해했다.

베이셀과 바실의 경쟁이 심해지기 시작한 것은 바로 이 기우제 때문이었다. 어떤 때는 바실이 베이셀보다 먼저 기우제를 지내기 위해 산으로 올라갔다. 또 어떤 때는 베이셀이 먼저 산으로 올라가기도 했다.

하지만 어찌 된 일인지 바실의 기도는 별 효력을 나타내지 못했다. 그가 기우제를 지낸 후에는 한 번도 비가 내리지 않았다. 반면에 터키 마을의 베이셀이 기도를 하고 나면, 곧바로 하늘에서 비가 주룩주룩 내렸다. 이 때문에 베이셀과 바실의 사이는 더욱더 벌어지게 되었다.

언제인가부터 룸 마을 사람들은 베이셀이 기우제를 지내러 가는 것을 보면, 터키 마을 사람들을 따라 산으로 올라가기 시작했다. 룸 마을 사람들은 이제 병이 났을 때도 베이셀에게 치료를 받으러 갔다. 바실은 몹시 화가 났지만 어찌할 도리가 없었다.

바실조차도 베이셀이 어떻게 해서 비를 내리게 하는지 사뭇 궁금할 따름이었다. 베이셀에게 가는 환자들은 갈수록 늘었고, 기도에 응답을 받지 못한 바실을 찾는 환자들의 수는 급격히 줄어들었다.

그러던 어느 날이었다. 아주 뜻밖의 일이 일어났다. 한밤중에 누군가가 바실의 집 대문을 다급하게 두드렸다. 바실은 침대에서 일어나 대문을 열었다. 그러고는 깜짝 놀라서 입을 쩍 벌렸다. 그를 방문한 사람은 다름 아닌, 터키 마을의 이맘인 베이셀이었던 것이다.

베이셀은 두 사람의 부축을 받으며 힘겹게 걸음을 옮기고 있었다. 터키 마을에서 이곳까지 마차를 타고 온 듯하였다. 길 한쪽에 마차가 세워져 있었다.

"어서 오십시오. 안으로 들어오시지요."

바실은 터키 마을에서 온 손님들을 안으로 맞아들였다. 세 명의 터키 마을 사람들은 화로 맞은편의 기다란 의자에 자리를 잡아 앉았다. 바실이 물었다.

"베이셀 호자, 어디가 불편하십니까?"

베이셀은 자신의 고민을 조심스럽게 털어놓았다.

"친애하는 바실 목사, 통증 때문에 견딜 수가 없소. 나는 벌써 몇 년 동안이나 이런 고통을 겪고 있습니다. 뼈마디가 쑤시고 아픕니다. 그중에서도 다리의 통증이 아주 심합니다. 며칠 동안 쑤시고 아프다가는 순식간에 통증이 사라지곤 하지요. 그 기간은 둘쭉날쭉하고요.

그런데 오늘은 걷기조차 힘이 듭니다. 내일 아침에 마을 사람들과 함께 기우제를 지내기 위해 산으로 올라가야 하는데……. 이렇게 걷지도 못하니 어떡하겠습니까? 내가 알고 있는 처방을 모두 다 써 봤지만 소용이 없었습니다. 통증이 사라지기는커녕 갈수록 더 심해지고 있습니다.

이제는 더 이상 참을 수가 없어요. 그래서 당신을 찾아온 것입니다. 내 통증을 없앨 약이 있다면, 제발 나를 이 고통에서 구해 주십시오."

그때 바실의 부인이 찻쟁반을 든 채 방으로 들어왔다. 그녀는 손님들에게 인사를 한 후, 들고 온 차를 대접하였다.

베이셀의 말을 들은 바실은 검은 콧수염과 턱수염 사이에 선처럼 보이는 입술을 가볍게 비틀었다. 내색하지 않으려 애썼으나 미소를 짓고 있었던 것이다.

기분이 좋았다. 베이셀이 비를 내리게 하는 이유를 비로소 알아차렸기 때문이다. 베이셀은 관절염을 심하게 앓고 있었던 것이다. 관절염 환자들은 대개 습기와 전기가 가득 찬 비구름에 아주 예민했다. 그렇기 때문에 비구름이 모이기 시작하면 뼈마디가 쑤셔 오기 시작하는 것이었다.

결국 베이셀은 뼈마디가 아파 오면 비가 내릴 것을 짐작하고 마을 사람들을 모아 기우제를 지내러 올라갔던 것이다. 어차피 비는 내리게 되어 있었다. 하지만 기우제 이후에 비가 오면 사람들은 그의 기도 덕분에 비가 내린다고 믿게 되는 것이 었다.

바실은 베이셀에게 이렇게 말했다.

"친애하는 베이셀 호자, 최선을 다해 보겠습니다. 나는 당신의 통증을 잠재워 줄 수 있는 약을 알고 있습니다. 오늘 밤에 준비를 해서 내일 아침 일찍 가져다 드리겠습니다. 시럽을 처방해 드릴 테니 하루에 다섯 번씩 나마즈(무슬림이 하루에 다섯 번씩 드리는 기도) 이후에 마시도록 하십시오. 그리고 약초 말린 것도 드리겠습니다. 그 약초를 정성스레 달인 후에 쑤시는 부위에 올려놓고 천으로 잘 동여매십시오.

신께 당신의 통증이 가라앉기를 기도드리겠습니다. 저희 집을 방문해 주서서 진심으로 감사합니다. 아픈 몸을 이끌고 여기까지 오실 필요는 없었지만요. 진작 연락을 주셨더라면 내가 직접 뵈러 갔을 테니까요."

베이셀과 그를 부축하고 온 두 명의 터키 마을 사람들은 연방 고맙다는 인사를 한 뒤 바실의 집을 나갔다. 바실과 그의 부인은 손님들이 마차를 타고 떠날 때까지 문밖에 서서 배웅을 하였다.

마차가 눈앞에서 사라지자마자 바실은 신이 나서 웃음을 터뜨렸다. 부인이 이유를 묻자 이렇게 대답했다.

"그동안 베이셀 호자의 기도가 어떻게 효력을 나타냈는지 궁금해서 미칠 지경이었다오. 그런데 오늘 그 비밀을 알게 되었으니, 이보다 더 기분 좋은 일이 어디 있겠소?"

바실은 잠을 자고 있던 두 아들을 흔들어 깨웠다.

"빨리 옷을 입어라. 그리고 집집마다 문을 두드려 자는 사람들을 깨운 뒤 이 말을 전하거라. 내일 아침 일찍, 해가 뜨기 전에 모두 교회에 모이라고 말이다. 기우제를 올리러 산에 가야 하니까."

바실은 그날 밤 내내 한숨도 자지 못했다.

해가 뜰 무렵, 그는 베이셀에게 줄 약을 준비한 뒤 교회로 갔다. 그리고 그곳에 모인 마을 사람들과 함께 항상 기우제를 올리러 가던 산을 향해 걷기 시작했다.

반 시간 정도 걸어갔을까? 어느새 먹구름이 하늘 위로 드리워지기 시작했다. 먹구름은 금세라도 머리 위로 비를 쏟아낼 듯이 보였다. 오래지 않아 정말로 빗방울이 하나둘 떨어지기 시작했다. 바실과 그 일행이 조금만 더 늦게 떠났더라면 온몸이 비에 흠뻑 젖을 뻔했다.

마을 사람들 중 한 명이 말했다.

"드디어 신이 우리의 기도를 들어주셨어. 비가 오기 시작하잖아. 더 젖기 전에 마을로 돌아갑시다."

"여러분은 집으로 돌아가시오. 전 베이셀 호자에게 들러야
합니다."

마을 사람들이 집으로 돌아가려고 하자, 바실은 이렇게 말
한 뒤 이웃해 있는 터키 마을을 향해 걷기 시작했다.

바실이 터키 마을에 도착했을 때, 베이셀은 침대에 누워 신
음하고 있었다. 빗줄기는 그날따라 더욱 거세게 몰아치고 있
었다. 베이셀은 바실이 기우제를 지내고 왔다는 소리를 듣고
는, 그가 자신의 비밀을 알아채었음을 깨달았다. 그래서 기분
이 썩 좋지 않았다.

바실은 자신이 달인 약초를 손수 베이셀의 통증이 있는 곳
에 올려놓은 뒤 천으로 정성스레 감싸 주었다. 그런 다음, 밤
새 만든 시럽을 마시게 하였다.

"이 약을 계속 복용하면 쑤시고 아픈 것이 금세 가라앉을 것
입니다."

베이셀은 통증이 완전히 사라지게 되는 것이냐고 물었다.
그러자 바실이 대답했다.

"이 병은 완치될 수 없습니다. 매번 비가 오기 전에 쑤실 것
입니다. 쑤시기 시작하면 내게 연락을 하십시오. 그럼 즉시 약
을 처방해 가지고 오겠습니다. 약을 사용하면 통증은 금방 잠

재울 수 있으니까요."

베이셀은 자신의 통증이 시작된 것을 알리면, 비가 오리라는 것도 가르쳐 주는 셈이 된다는 사실을 알고 있었다. 그러면 바실은 이번처럼 자신보다 먼저 기우제를 올리러 산으로 갈 것이었다. 이런 상황을 예방하기 위해 베이셀은 꾀를 하나 내었다.

"친애하는 바실 형제, 매번 통증이 시작될 때마다 수고스럽게 약을 만들어 주기보다는, 약을 어떻게 만드는지 그 방법을 내게 알려 주십시오. 그러면 직접 만들도록 하겠습니다."

바실은 음흉하게 웃으면서 대답했다.

"친애하는 베이셀 호자, 그러면 나는 비가 올 때를 미리 알 수가 없으니 기우제를 올릴 수가 없게 되지요. 마을 사람들로 하여금 예전처럼 비를 내리게 하는 것이 모두 당신의 기도 덕분이라 믿게 만들라는 말씀인가요?"

그들은 서로를 바라보며 웃었다. 이윽고 베이셀이 말했다.

"바실 형제, 우리 협상을 하도록 합시다. 종교는 서로 다르지만, 신의 종이라는 점에서는 똑같습니다. 가뭄이 들 때, 내 통증이 시작되자마자 즉시 당신에게 소식을 전하도록 하겠습니다.

그러면 당신은 약을 만들어 보내 주십시오. 그다음에 두 마을의 사람들을 모아 함께 기우제를 올리러 갑시다. 그렇게 하면 우리 둘 모두의 기도가 받아들여지는 셈이 되지 않겠습니까? 어떻게 생각하십니까?"

바실은 이 제의를 흔쾌히 받아들였다.

그 후 베이셀은 관절염의 통증이 시작되면 바실에게 소식을 전했고, 바실은 약을 준비하여 베이셀의 집으로 보냈다.

그러고 나서 두 사람은 자신이 사는 마을의 사람들을 모은 뒤 함께 기우제를 지내러 산으로 올라갔다. 베이셀이 느끼는 통증의 강도에 따라 비의 양은 적기도 하고 많기도 했다. 어떤 때는 가랑비가 내리기도 하였다.

이 묵계는 독립 전쟁(1919~1923, 터키의 해방 전쟁)이 일어나기 전까지 수년 동안 지속되었다. 터키가 전쟁에서 승리를 거두고 터키 공화국이 설립되었다.

터키에 살고 있던 그리스 사람들은 그리스로 가게 되었다. 그리고 그리스에 살고 있던 터키 사람들은 터키로 가게 되었다. 바실의 마을에 살고 있던 그리스 사람들도 그리스로 옮겨 갔다.

아주 많은 세월이 흐른 뒤, 베이셀은 그리스에서 보낸 편지

한 통을 받았다. 편지를 보낸 사람은 바실이었다. 편지에는 이런 내용이 씌어 있었다.

친애하는 형제, 베이셀 호자!
운명이 우리를 갈라놓았습니다. 그 후 우리는 함께 기우제를 드리러 산으로 올라가지 못하게 되었군요. 마을을 떠나올 때, 관절염 약을 어떻게 만드는지 당신에게 말해 줄 기회가 없었습니다.
약을 만드는 방법을 아래에 적어 놓았습니다. 이제 당신 스스로 만들길 바랍니다. 당신도 사용하고, 다른 관절염 환자들에게도 알려 주십시오.
이젠 당신에게 내가 쓸모없게 되었지만, 기우제를 지내러 갈 때마다 나를 기억해 주십시오. 나는 여기서 당신과 같은 관절염 환자들을 찾고 있습니다. 비가 언제쯤 올 것인지 예측하기 위해서 말입니다.
부디 건강하게 잘 지내십시오.
　　　　　　　　　　　　　　　　　　　　—형제 바실

　그 후 베이셀은 스스로 약을 만들기 시작했다. 그는 기우제를 올리러 갈 때마다, "아, 바실 형제!" 하고 외치며 바실의 얼굴을 떠올렸다.

두 사람은 꽤 오랫동안 편지를 주고받았다. 하지만 나이가
너무 많았기 때문에 서로의 얼굴을 두 번 다시 보지는 못했다.

양들의 제국

언제부터였는지는 정확히 기억나지 않지만, 늑대들은 사냥할 곳을 잃어버리고 말았다. 동물의 왕인 사자를 비롯해서, 호랑이나 표범처럼 힘세고 사나운 동물들이 이 세상의 사냥터를 모두 차지해 버렸기 때문이다.

물론 늑대도 사나운 동물 중의 하나였지만 사자나 호랑이, 표범 같은 맹수들과 맞설 만큼은 아니었다. 실제로 늑대들은 사자나 호랑이가 지배하는 구역에는 들어갈 엄두조차 내지 못했다.

늑대들은 갈수록 살기가 힘들어졌다. 그렇다고 이대로 굶어 죽을 수는 없는 노릇이었다. 이 어려운 상황을 이겨내기 위해서 어떻게든 해결책을 마련하지 않으면 안 되었다.

늑대들은 곧 회의를 소집하였다. 회의가 시작되자, 저마다 앞다투어 의견을 내놓았다. 하지만 의견이 분분하기만 할 뿐, 그 어떤 것도 해결책으로 쓸 만해 보이지는 않았다.

할 수 없이 늑대들은 지혜로운 원로 늑대를 찾아가 자문을 구하기로 했다. 나이가 지긋한 원로 늑대는 다른 늑대들을 둘러보며 이렇게 말했다.

"사랑하는 형제들이여! 사자와 호랑이를 비롯해, 사냥터를 장악하고 있는 동물들은 모두 제국주의자들입니다. 이들은 비옥한 땅을 모두 자신들의 소유로 만들고 있습니다. 우리 늑대들이 살 곳은 그 어디에도 남겨 두지 않았지요. 우리는 당장 살 곳이 필요합니다. 하지만 지금은 그럴 만한 땅이 없습니다. 여러분, 우리 늑대들은 아주 영리한 맹수입니다."

원로 늑대는 여기서 잠깐 말을 멈추었다. 그리고는 잔기침을 하며 목소리를 가다듬은 뒤 다시 말을 이어 갔다.

"소중한 형제들이여, 다 함께 이렇게 소리쳐 봅시다. '늑대는 이 세상에서 가장 위대한 동물이다!'"

회의에 참석한 늑대들은 원로 늑대를 따라서 똑같은 말을 반복해서 외쳐 보았다. 그러자 가슴이 벅차오르기 시작했다. 그날 이후로 늑대들은 늘 같은 자리에 모여서 이 말을 세 번씩 큰 소리로 외치곤 하였다.

"늑대는 이 세상에서 가장 위대한 동물이다!"

"늑대는 이 세상에서 가장 위대한 동물이다!"
"늑대는 이 세상에서 가장 위대한 동물이다!"

원로 늑대는 다시 말을 이어 나갔다.

"우리에게도 우리만의 땅이 있어야 합니다. 그래서 나는 한 가지 제안을 하려 합니다. 양들로 하여금 '대양 제국(大羊帝國, 위대한 양들의 제국)'을 세우도록 유도하는 것입니다. 양들이 대양 제국을 세우기 위해 한자리에 모였을 때, 우리가 그 지역을 포위해 버리면 되지 않겠습니까? 그리고 난 뒤, 양들을 실컷 잡아먹도록 합시다."

이 제안은 만장일치로 통과되었다. 늑대들은 이 제안을 실현시키기 위해, 서둘러 영리한 늑대들을 뽑아 추진 위원회를 구성하였다. 선출된 늑대들은 세부적인 행동 계획을 세웠다.

영리한 늑대 하나가 맨 먼저 입을 열었다.

"양을 쉽게 잡아먹기 위해서는 무엇보다도 한데 모으는 일이 중요합니다."

또 다른 늑대가 말했다.

"맞는 말씀입니다. 모든 동물이 그렇듯, 양들도 위험에 처하게 되면 쉽사리 한자리에 모이게 될 것입니다. 그러니까 양들에게 위험한 상황을 만들어 주어야 합니다. 양들 스스로 자신들이 위험에 처했다는 사실을 믿도록 해야 하는 것이지요. 이를테면 '갈라핀톱' 같은 것이 위험 요소가 될 수 있지 않을까요?"

그의 말이 끝나자, 다른 늑대들이 고개를 갸우뚱거리며 갈라핀톱이 무엇이냐고 물었다. 그러자 그는 이 세상에 실제로 존재하지 않는 것인데, 자신이 방금 꾸며 냈다고 말하였다.

그리고 실제로 존재하지 않는 위험이 실제로 존재하는 위험보다 더 끔찍할 수 있다고 덧붙였다. 실제로 존재하는 위험은 그 정체가 조금이라도 알려져 있을 수 있지만, 실제로 존재하지 않는 위험은 그 실체를 파악할 길이 전혀 없기 때문에 더욱더 심각하게 받아들여진다는 것이었다.

늑대들은 곧 양들에게로 가서, 그들이 갈라핀톱이라는 위험에 처해 있다는 소문을 퍼뜨리기로 하였다. 그리고 다음 단계로, 급작스럽게 위기 상황에 빠진 양들을 보호하기 위해 늑대들이 최선을 다하겠노라고 공포하자는 의견이 나왔다. 이 의견은 다수의 찬성을 얻어 통과되었다.

그때 또 다른 현명한 늑대가 말했다.

"양들을 한데 모으기 위해서는, 그들이 위험에 빠져 있다고 믿게 해야 한다는 것은 옳은 말씀입니다. 하지만 그것만으로는 충분하지 않습니다. 양들을 유혹하기 위해서는 위대한 목적이 담겨 있는 이념을 하나 내걸어야 합니다. 그리고 그 이념은 절대로 실현될 수 없는 환상이거나 달콤한 꿈이어야 합니다."

이 말을 한 늑대에게 다른 늑대가 물었다.

"도대체 어떤 이념을 양들에게 심어 주어야 할까요? 어떤 거라야 그것이 실현될 것이라고 확신하고, 그 환상을 좇아 떼지어 몰려갈까요?"

현명한 늑대가 대답했다.

"그들에게 '대양 제국'이 필요하다고 말합시다. 그리고 그 이념은 '양주의(羊主義)'라고 이름붙이는 게 좋겠습니다."

대양 제국 건설 추진 위원회는 이 의견들을 최종안으로 결정했다. 늑대들은 곧 이 최종안을 본격적으로 실행에 옮기기로 했다.

그들은 양들 가운데서 매우 이기적이고 사리사욕에 눈이 먼, 그러면서도 다소 어수룩한 구석이 있는 녀석들을 찾아내 자신들의 동조자로 만들었다. 그들은 동조자가 된 양들에게 미끼로 아주 넓은 초원을 보여 주었다.

언제인가부터 양들 사이에는 '양주의' 이념이 유행하기 시작했다. 그리 오래지 않아 양주의 이념을 집중적으로 다룬 책이 출간되기도 했다. 책의 내용은 대충 이러했다.

우리 양들은 다른 그 어떤 동물들보다 우위에 있다. 사자
나 호랑이의 털로는 아무것도 할 수 없지만, 우리의 털로
는 실을 만들 수 있다. 게다가 우리가 내놓은 배설물조차
도 거름으로 유용하게 쓰이고 있지 않은가. 그에 비하면,
사자나 호랑이의 배설물은 이 아름다운 세상을 오염시키
는 일 외에는 아무짝에도 쓸모가 없다.
우리 양들은 이토록 우수한 종족이다. 그러므로 하루 빨
리 대양 제국을 건설해야 한다. 그러기 위해서는 우리 모
두가 양주의 이념으로 똘똘 뭉치는 것이 필요하다.
무엇보다 우리는 적들에게 대항하기 위해 하나가 되어야
한다. 망해라, 갈라핀톱! 우리는 반드시 대양 제국을 건
설해서 이 모든 숲과 드넓은 초원을 차지하리라. 자, 모두
일어나 갈라핀톱을 짓밟아 버리자.

늑대들은 양들의 이런 생각을 적극적으로 지지하고, 또 그
들이 뜻을 펼칠 수 있도록 물심양면으로 도와주었다. 늑대들
의 이런 태도를 보면서, 몇몇 양들은 이 같은 말을 주고받기
도 했다.

"지금까지 우리가 늑대들을 잘못 알고 있었나 봐. 이제 보니 정말로 선한 동물이지 뭐야. 남을 도와주는 것도 좋아하고…… 이제부터 늑대들은 우리의 친구야."

늑대들은 자신의 종족들 중에서 학식이 높고 경험이 풍부한 전문가들을 뽑아서 양들에게 보내 주었다. 전문가 늑대들은 양들에게 다양한 정보를 제공하였다. 그리고 조직을 유지하고 키워 가는 데 유용한 기술을 가르쳐 주었다. 물론 필요한 순간에 적절한 충고를 곁들이는 것도 잊지 않았다.

늑대들은 이런 전문가 늑대들 외에도 스파이 늑대들을 양들 사이로 몰래 들여보냈다. 스파이 늑대들은 양의 탈을 쓰고 있었다. 고도로 훈련된 그들은 양처럼 '메에~' 하고 울 줄도 알았다. 그 때문에 양들은 스파이 늑대들을 조금도 의심하지 않았다.

스파이 늑대들은 입을 열 때마다 "지금은 그 어느 때보다 힘의 결속이 필요한 시기"라고 하면서, 양들에게 어서 빨리 힘을 모으기 위해 한자리에 모여야 한다고 선동하곤 하였다.

양주의 이념은 양들 사이로 거침없이 퍼져 나갔다. 어느 사이엔가 양들은 자신들의 적이 '갈라핀톱'이라고 굳게 믿기 시작했다. 그리고 그에 대항하기 위해서는 서로서로 협력해야 한다고 생각했다.

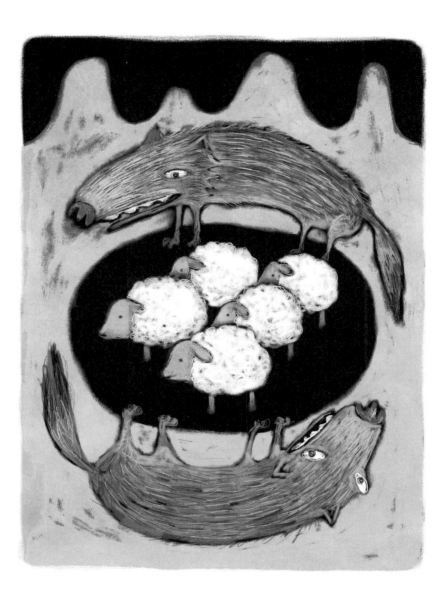

그들은 풀이 무성하게 자라나는, 즉 초원이 끝없이 펼쳐져 있는 대양 제국을 하염없이 꿈꾸었다. 양들은 언제든 그곳으로 떼지어 달려갈 꿈을 꾸면서, 자신들이 그곳으로 가는 데 걸림돌이 되고 있는 갈라핀톱을 없애 버릴 방법을 강구하는 데 몰두하였다.

그렇다고 해서 모든 양이 그랬다는 것은 아니다. 어떤 무리에든 영리한 인물들은 있게 마련이니까. 당연히 양들 중에도 영리한 녀석이 있었다.

그들은 '갈라핀톱'이라는 적이 실제로 존재하는 것이 아니라는 사실을 알아차렸다. 양들에게 위기 의식을 불러일으키는 것 자체가 바로 늑대들의 계략이라는 사실을 깨달았던 것이다. 늑대들이 정말로 원하는 것은 바로 자신들의 목숨이라는 사실도…….

그들은 다른 양들에게 이런 사실을 경고하려고 애썼다. 특히 대양 제국의 건설이 얼마나 허무맹랑한 생각인지를 설명해 주려 하였다. 양들이 꿈꾸는 그 황홀한 제국은 이 세상 그 어디에도 존재하지 않는다는 것을 몇 차례나 역설하곤 했다. 설령 그런 곳이 있다고 해도, 그곳에 가면 모두 굶주린 늑대들의 밥이 될 뿐이라고…….

그러나 이들의 노력은 아무짝에도 쓸모가 없었다. 대양 제국을 건설해야 한다는 사상이 양들 사이로 너무나 깊숙이 퍼져 있었기 때문이다. 이미 그때는 갈라핀톱이라는 적과 맞서 싸우기 위해서는 양들이 모두 힘을 모아야 한다는 이념이 아주 널리 파고들어 있었다.

그 바람에 대양 제국의 건설을 반대하는 양들이 오히려 매국노 취급을 받아야 할 지경이었다. 대다수의 양들은 그들을 몹시 적대시하였다.

양들이 꿈꾸는 대양 제국의 초원은 겨우내 눈이 아무리 많이 내려도 풀이 시들거나 메마르지 않는 곳이었다. 그야말로 그곳은 천국이었다, 양들의 천국……

대양 제국을 건설하기 위한 노력은 갈수록 힘이 커져 갔다. 급기야 양들은 자신들의 적인 갈라핀톱과 맞서기 위해 군대를 결성하기에까지 이르렀다.

어느 틈엔가 양들은 옛날처럼 온순하게 걷지 않고 늑대처럼 거칠게 걷기 시작했다. 그리고 이제 '메에~' 하고 울지도 않았다. 그들은 늑대들처럼 울부짖으려고 애를 썼다.

마침내 그 역사적인 날이 다가왔다. 이 소문은 또다시 양들 사이로 널리 퍼져 나갔다. 세상에 있는 모든 양이 힘을 모았다. 그들은 자신들의 적인 갈라핀톱을 없애고, 대양 제국을 건설하기 위하여 행진을 하였다.

행진을 마친 양들은 전문가 늑대들이 미리 가르쳐 준 계곡으로 몰려갔다. 그 깊고 넓은 계곡에 양들이 모두 모이자, 입을 모아 구호를 외치기 시작했다.

"쳐부수자, 갈라핀톱!"

"단결만이 우리의 살 길이다!"

"대양 제국을 건설하자!"

바로 그 순간, 늑대들은 주린 배를 움켜쥔 채 계곡의 가장자리에 숨어 있었다. 양들을 포위한 채 때를 기다리고 있었던 것이다. 이윽고 기다리고 기다리던 때가 왔다. 늑대들은 이때를 놓치지 않고 양들을 향해 돌진했다. 그리고 그동안 굶주린 것에 대한 한이라도 풀 듯 양들을 정신없이 잡아먹었다.

그때 양들에게는 그들을 보호해 줄 그 누구도 곁에 있지 않았다. 언제인가부터 양치기는 물론 개들조차 그들을 보호하는 일에서 손을 떼고 있었다.

양들은 그제야 자신들의 진정한 적이 누구인지를 깨달았다. 비로소 자신들이 어떤 위험에 처해 있으며, 어떤 식으로 속아 왔는지를 알아차린 것이었다.

하지만 이미 엎질러진 물이었다. 양들의 아둔함이 늑대들에

게 식민지를 만들어 준 뒤였으니까. 늑대들은 이제 그들만의
사냥터를 갖게 되었다.

한편, 늑대들의 계략에 넘어가지 않은 몇몇 영리한 양들은
숲의 한쪽 구석에 몸을 웅크린 채 숨어 있었다. 그들은 자손을
낳아 양의 종족을 유지시켰다. 만약 그들이 없었더라면, 양이
라는 종족은 이 세상에서 완전히 사라져 버리고 말았을지도
모른다.

양들의 역사책에 이 사건이 상세히 적혀 있음에도 불구하
고, 늑대들의 교활한 속임수는 지금까지도 계속되고 있다. 그
까닭은 아마도, 사리사욕에 눈이 먼 속물들이나 바보, 멍청
이 같은 인물들이 여전히 이 세상에 존재하고 있기 때문이 아
닐까.

당나귀는 당나귀답게

옛날에는 오늘날처럼 모터가 달린 교통수단이 없었다. 당연히 버스나 트럭도 없었다. 그때는 탈것이라고 해 봐야 소가 끄는 달구지나 말이 끄는 마차가 전부였다.

그보다 더 옛날에는 마차조차도 없었다. 그 시대 사람들은 당나귀를 이용했다. 당나귀들은 짐도 나르고 사람도 태우곤 하였다.

당나귀 이외의 운반 수단이 없었던 그 옛날, 어느 나라에 유명한 당나귀 조련사가 있었다. 그는 자신의 농장에서 당나귀들을 키우고 있었다. 당나귀들이 자라면 쓸모에 따라 조련을 시켰다. 탈것으로 쓰인다면 그렇게 조련했고, 짐을 운반할 용도로 쓰인다면 그에 맞게 조련했다.

그는 당나귀에 관해서만은 그 누구보다 전문가였다. 그래서 그 일대에 이름이 널리 알려져 있었다.

어느 날, 그 나라에 대규모의 서커스단이 왔다. 서커스 단장은 그곳에 유명한 당나귀 조련사가 있다는 얘기를 들은 적이 있었다. 그는 당나귀 조련사를 찾아가 이렇게 말했다.

"내 서커스단에는 유명한 동물들이 있소. 사자, 호랑이, 코끼리, 곰, 원숭이, 개, 그 밖에도 여러 종류의 동물들이 있다오. 이 동물들은 다양한 쇼를 하지요. 그런데 당나귀만 없소. 내 서커스단에 당나귀도 있었으면 하는데, 당신이 당나귀를 훈련시켜 주겠소?"

당나귀 조련사가 말했다.

"서커스단에서 당나귀가 어떤 쇼를 하기를 원하십니까?"

그러자 서커스 단장이 말했다.

"사람처럼 말을 하는 당나귀를 가질 수 있다면 당신이 원하는 만큼의 돈을 주겠소."

당나귀 조련사는 일단 시도해 보겠다고 말했다. 그는 당장 농장에 있는 당나귀들 중 가장 재능 있어 뵈는 당나귀 한 마리를 골라 사람처럼 말하는 법을 가르치기 시작했다.

그는 밤낮없이 이 일에 몰두했다. 그리하여 당나귀를 사람처럼 말하게 만드는 데 성공했다. 당나귀는 사람처럼 모든 말을 자유자재로 구사할 수는 없었지만, 서너 개의 단어가 들어간 문장은 말할 수 있었다.

다음 해가 되자, 서커스단이 다시 그 마을을 찾았다. 농장을 찾은 서커스 단장은, 말하는 당나귀를 보고 아주 기뻐했다. 그는 당나귀 조련사에게 원하는 만큼의 돈을 주고 당나귀를 사갔다.

말하는 당나귀 쇼는 아주 큰 인기를 끌었다. 날마다 서커스를 구경하러 오는 사람들로 대만원을 이루었다. 사람들은 사람처럼 말하는 당나귀를 보고는 환호성을 지르며 박수를 쳐 댔다.

말하는 당나귀의 인기가 높아지자, 서커스 단장은 다시 당나귀 조련사를 찾아갔다. 그리고는 더 많은 문장을 말할 수 있는 당나귀를 사고 싶다고 말했다.

그 후 당나귀 조련사는 영리한 당나귀를 한 마리 고른 뒤, 말하기 훈련을 시키기 시작했다. 집중적으로 말하기 훈련을 받은 당나귀는 오래지 않아 그전의 당나귀보다 더 긴 문장을 말할 수 있게 되었다.

얼마 후에는 연설까지 할 수 있었다. 서커스 단장은 그에게 많은 돈을 주고 그 당나귀를 사갔다.

말하는 당나귀가 선풍적인 관심을 끌자, 다른 서커스 단장들도 말하는 당나귀를 사가기 시작했다. 사람들은 당나귀가 말하는 것을 듣고는 무척 신기해했다.

말하는 당나귀를 찾는 사람이 많아지자, 유명한 당나귀 조련사 혼자서는 그 수요를 감당할 수가 없었다. 여기저기서 다른 당나귀 조련사들이 생겨났다. 그들도 말하는 당나귀를 키우기 시작했다. 그 바람에 당나귀 농장이 여기저기 생겼다.

한편 서커스단에서 말하는 당나귀를 본 사람들은, 그 당나귀를 집에서도 보고 싶어 했다. 그래서 마구 사들이기 시작했다. 공부 잘하는 자녀에게 선물로 주기도 했고, 생일이나 결혼 선물로 주고받기도 했다.

처음에는 오로지 부자들만 말하는 당나귀를 살 수 있었다. 하지만 나중에는 중산층, 그 후에는 가난한 사람들까지 말하는 당나귀를 살 수 있게 되었다.

그러자 거의 모든 집에 말하는 당나귀가 한두 마리 정도는 있게 되었고, 부잣집은 서너 마리의 말하는 당나귀를 갖고 있게 되었다. 그중에서 연설을 하고 만담을 하는 당나귀는 제일 비싼 값에 팔렸다. 하지만 단지 몇 개의 문장만 말할 줄 아는 당나귀는 아주 싼값에 팔려 나갔다.

이제 그 나라에는 말하는 당나귀가 넘쳐흘렀다. 서커스단의 당나귀 쇼는 점차 흥미를 끌지 못하게 되었다. 서커스단의 단장은 또 다른 쇼를 생각하기 시작했다. 그는 다시 당나귀 조련사를 찾아가 이렇게 말했다.

"구경꾼들은 이제 당나귀가 말하는 것에 익숙해졌소. 당신은 당나귀와 소통할 수 있으니 아주 새롭고 대단한 쇼를 준비할 수 있을 거요. 이번에는 당신이 했던 일의 정반대의 것을 해 보는 게 어떻겠소? 그러니까 당나귀를 사람처럼 말하게 만드는 것 대신에, 사람을 당나귀처럼 울게 만들 수는 없겠느냐는 말이오."

당나귀 조련사는 한번 해 보겠다고 대답했다. 그리고 많은 노력 끝에 성공을 거두었다. 그가 훈련시킨 사람은 당나귀와 똑같이 울었다. 눈을 감고 들으면, 그 소리를 내는 것이 사람인지 당나귀인지 분간이 되지 않을 정도였다.

서커스 단장은 이번에도 이 새로운 쇼로 큰돈을 벌었다. 이 쇼는 짧은 시일 내에 사방으로 퍼졌다. 다른 서커스단들도 당나귀처럼 우는 사람의 쇼를 하기 시작했다.

서커스에서 사자가 굴렁쇠를 넘고, 호랑이가 원통 굴리기를 하고, 코끼리가 뒷다리만으로 몸을 지탱한 채 앞다리를 들고, 곰들이 서로의 몸 위에 올라타고, 당나귀가 말하는 것은 이제 식상한 쇼에 속했다.

사람들에게는 사람이 당나귀처럼 우는 쇼가 새로운 볼거리

로 등장했다. 구경꾼들은 이 쇼에 많은 갈채를 보냈다. 한때 말하는 당나귀가 유행했던 것만큼, 이번에는 당나귀처럼 우는 사람이 유행을 했다.

이 유행은 갈수록 확산되었다. 결국 그 나라에서는 당나귀가 사람처럼 말을 하고, 사람은 당나귀처럼 울음소리를 내었다.

시간이 흐를수록 그 나라에서는 모든 것이 엉망진창이 되어 버렸다. 왜냐하면 모든 당나귀가 말을 하기 시작했기 때문에 짐을 운반하거나 탈 수 있는 것이 남아 있지 않았다.

말하는 것을 배우게 된 당나귀들은 짐을 실어 나르거나 사람을 태우는 일을 잊어버렸다. 연설을 하고 회의를 하는 당나귀들은 이제 등에 짐을 질 줄 모르게 되었다.

당나귀처럼 우는 사람들 역시 과거에 자신들이 했던 역할이나 구실을 할 수 없게 되었다. 이 때문에 그 나라에서 생산된 물품들을 다른 곳으로 옮길 수도 없었다.

농작물은 논밭에서 썩었고, 물품들은 생산된 장소에 그대로 버려져 있었다. 어떤 곳에서는 밀이 창고에서 썩어났지만, 어떤 곳에서는 먹을 것이 없어 사람들이 죽기도 했다.

그 나라에서는 가난과 흉년, 기아, 그리고 질병이 거침없이 번져 나갔다. 사람들은 왜 이렇게 되었는지 그 이유를 알지 못했다. 그래서 어떻게 해야 좋을지도 알 수 없었다.

그들은 수소문 끝에 자신들에게 충고를 해 줄 만한 지혜로운 사람을 찾아갔다. 그리고 그 지혜로운 사람에게 왜 자신들이 이런 상황에 처하게 되었는지를 물어보았다. 지혜로운 사람은 그들에게 이렇게 말했다.

"이 세상의 만물에게는 각자 자신의 역할이 있습니다. 예를 들면 사람은 말을 하고, 당나귀는 짐을 나릅니다. 세상의 만물은 자신에게 맞는 역할을 하는 것이 너무나 옳습니다. 이를테면 사람이 말을 하고, 당나귀가 짐을 나르는 것이 당연한 것처럼요. 당신들은 사람의 역할을 당나귀에게, 당나귀의 역할을 사람에게 부여하려고 했습니다. 그것은 평범하지 않은 일입니다. 평범하지 않은 일은 서커스에서나 멋지지요. 하지만 세상은 서커스가 아닙니다."

지혜로운 사람은 잠시 입을 다물었다가, 자신 앞에 앉아 있는 사람들을 둘러본 후 다시 말을 이어 갔다.

"사람에게 훌륭하고 바른 말을 많이 하도록 하고, 당나귀에게 많은 짐을 지고 먼 거리를 갈 수 있도록 만든다면 인류는 성공했다고 할 수 있습니다. 당신들은 비범한 것에 대한 호기심에 휩싸여, 사람을 당나귀처럼 울게 만들고 당나귀가 사람처럼 말하도록 만들었습니다."

지혜로운 사람의 말을 듣고 있던 사람들 중의 한 명이 그에게 물었다.

"그렇다면 이제 저희는 어떻게 해야 합니까?"

지혜로운 사람이 대답했다.

"사람이 사람의 일을 하고, 당나귀가 당나귀의 일을 하도록 하시오. 그리고 가능하다면 그 일을 더 훌륭하게 할 수 있도록 최선을 다해 이끌어 주시오."

그날 이후 그 나라에서는 사람들은 사람답게 말하고, 당나귀들은 당나귀답게 짐을 운반할 수 있도록 노력했다. 당나귀처럼 울었던 사람들은 다시 사람처럼 말하려고 노력했다.

말하는 것에 익숙해진 당나귀들이 다시 당나귀처럼 우는 일이 그리 쉽지는 않았다. 하지만 모든 존재들이 자신의 역할을 더 잘 하려 애쓰는 모습을 자주 볼 수 있게 되었다.

어느 무화과 씨의 꿈

나는 무화과 열매 안에 들어 있는 한 알의 씨다. 지금부터 내 일생에 대해 말하려 한다. 물론 이것은 누군가가 강요를 해서 하는 것이 아니라, 그냥 내 마음속에서 우러나서 하는 일이다.

나의 이야기가 다른 사람이 살아가는 데 얼마나 보탬이 될지는 알 수 없다. 다만 이 세상에 존재하는 모든 것들의 삶에 적으나마 관심이 있는 이들에게는 어쩌면 조금 유익할지도 모르겠다는 생각이 들 뿐이다.

먼저 말해 두고 싶은 것은, 내가 남들 앞에서 잘난 척하는 것을 즐기는 성격이라거나, 나 스스로를 아주 중요한 존재라고 여기면서 살아가고 있지는 않다는 사실이다. 그러니까 결코 내가 대단한 일을 하려 한다는 건 아니란 말씀! 어쨌거나 나는 그저 평범한 무화과 씨 중의 하나에 불과하니까.

모두 다 알다시피, 무화과 씨 중에서 일찍이 위대한 업적을 쌓아 성공한 예는 찾아볼 수 없다. 사실 무화과 씨가 역사에 이름을 남길 만한 존재가 되기나 해야 말이지.

하지만 이렇게 하찮아 뵈는 무화과 씨에게도 일생이란 것이 있다는 사실만큼은 알리고 싶다. 그래서 이 세상에 존재하는 수많은 것들 가운데서, 혹시라도 누군가의 작은 관심이라도 끌 수 있다면 그것만으로 충분히 의미가 있다고 생각하며 이 이야기를 시작한다.

나는 무화과나무에 열린 열매 속에 들어 있었다. 나하고 꽤 많이 닮은 수백 개의 무화과 씨 형제들과 함께. 내 기억 속에 첫 번째로 자리하고 있는 것은 무화과 열매인 엄마의 불그스레한 배 속에서 맨 처음 눈을 떴던 순간이다. 엄마의 배 속은 매우 부드러웠는데, 달콤하면서도 농도 짙은 액체로 가득 차 있었다.

조금 전에도 말했다시피 내게는 많은 형제들이 있다. 수백, 아니 어쩌면 수천에 이를지도 모르는 형제들이 엄마의 배 속에 빽빽이 자리를 잡고 있었다. 그들과 나는 엄마의 배 속에서 쭉 함께 살았다.

아이들은 누구나 그렇듯이 궁금한 것이 많다. 특히나 자신이 속해 있는 세계에 관해서는 끊임없이 탐구를 하고 싶어 한다. 아이들은 대개 그런 궁금증을 해소하기 위해 쉼없이 질문을 해 댄다. 우리 형제들도 그랬다.

어느 날 수많은 형제 씨들 중 하나가, 우리를 포근하게 감싸고 있는 엄마에게 질문을 던졌다.

"엄마, 우리는 왜 이렇게 수가 많아요?"

엄마는 언제나 우리의 물음에 최선을 다해서 답해 주었다. 그 물음들이 설령 얼토당토않은 것일지라도 말이다. 사실 한 배 속에 이렇게 많은 형제가 모여 살아야 하는 이유에 대해서는 우리들 모두가 궁금해하고 있던 참이었다.

솔직히 말하면, 엄마의 배 속은 너무너무 좁았다. 아니, 우리들의 수가 너무 많은 건가? 아무튼 우리는 서로서로 부대끼는 것을 넘어서서, 숨도 쉬기 힘들 만큼 꽉 끼인 채로 살아가고 있었다. 우리는 짐짓 숨을 죽인 채 엄마의 대답을 기다렸다.

곧이어 엄마가 입을 열었다.

"너희로선 그런 질문을 하는 게 당연하지. 하지만 너무 조급해하지는 마라. 너희도 언젠가는 내 배 속에서 나가 자유로운 몸이 될 테니까. 바깥세상이 어떠한지를 너희 눈으로 직접 확인하게 될 날이 올 거란 얘기지.

그때가 되면, 가장 먼저 과일들마다 배 속에 품고 있는 씨의 수가 다르다는 사실을 알게 될 거야. 이를테면 살구나 복숭아, 자두, 앵두 같은 과일들은 배 속에 씨를 하나씩밖에 가지고 있지 않아. 사과나 배, 모과 같은 과일들은 대여섯 개씩의 씨들을 가지고 있고⋯⋯. 반면에, 우리 무화과나무나 뽕나무는 수백 개의 씨를 배 속에 가지고 있지.

　　애들아, 우리 무화과 열매 속에는 왜 이렇게 씨가 많이 들어 있는지 물어봐 줘서 고맙구나. 왜냐하면 이건 너희에게 아주 아주 중요한 문제를 설명해 줄 수 있는 기회가 되거든.”

　　엄마는 잠시 말을 멈췄다가 다시 이어 갔다.

　　“사랑하는 아이들아! 바깥세상은 너희가 생각하는 것보다 훨씬 더 위험한 곳이란다. 우리 무화과나무들뿐만 아니라 이 세상에 존재하는 모든 것에게 몹시 위험한 곳이지. 바깥세상에 나돌아다니다가 언제 어떻게 될지 아무도 몰라.

　　그래서 우리는 자식을 아주 많이많이 낳지. 그것은 자신을 보호하기 위해서이기도 하고 종족을 유지시키기 위해서이기도 해. 결국 이 세상에서 영원히 사라지지 않기 위한 몸부림인 셈이지.

　　이 무화과나무에는 수백 개, 아니 어쩌면 그보다 훨씬 더 많은 수의 무화과 열매들이 매달려 있단다. 그리고 그 열매들의 배 속에는 너희와 똑같이 생긴 씨들이 수없이 많이 들어 있지. 언젠가는 너희도 땅으로 떨어져 무화과나무로 자라나게 될 거야.

하지만 현실은 아주 냉엄해. 이 무화과 열매들 속의 수많은 씨들 가운데서 온전히 나무로 자랄 수 있는 것은 몇 알 안 되거든. 겨우 한둘 정도? 많아 봐야 셋 정도에 불과해. 어떤 해에는 이 많은 씨들 중에서 단 한 알도 무화과나무로 자라지 못한 일이 있단다.

사랑하는 아이들아! 그렇다고 너무 마음 아파하지는 말거라. 이 많은 씨가 모두 무화과나무로 자란다면 오 년 내에, 아니 적어도 십 년 내에는 이 세상이 온통 무화과나무로 꽉 차 버릴 테니까. 그렇게 되면, 다른 나무들은 서 있을 틈조차 없을걸.

그렇다고 그런 일이 생길까 봐 미리 걱정할 건 없어. 그런 일은 실제로 일어날 수 없으니까. 왜냐고? 음, 아까도 말했다시피 이 세상은 아주아주 위험한 요인들로 둘러싸여 있거든. 우리의 적이 무척 많아.

조금 전에 내가 한 말, 기억하고 있니? 이 세상에 존재하는 모든 것은 언제나 위험에 처해 있으며, 자신을 보호하고 종족을 유지하기 위해서는 씨를 아주아주 많이 낳아야 한다고 했던 말……. 그게 바로 자연의 법칙이란다.

우리 무화과 열매들이 위험에 빠지게 되는 가장 큰 이유는 바로 달콤하기 때문이야. 사람이나 동물들이 우리를 몹시 좋아하거든. 특히나 새들은 우리를 끊임없이 먹어 없애고 있지.

이토록 냉혹한 현실 속에서 살아가고 있는데, 만약 엄마가 배 속에 씨를 겨우 몇 개만 품고 있다고 생각해 봐. 아마 나무로 자라기 전에 모두 사라져 버리고 말걸. 그랬다면 무화과라는 과일은 이 세상에 남아 있지 않을 테지. 이미 오래전에 멸종돼 버렸을 테니까. 그렇지 않겠니?

식물이든 동물이든, 이 세상에 존재하는 모든 생물은 자신을 보호하고 방어할 수 있는 무기를 하나씩 지니고 있어. 누구는 뿔이 있고, 누구는 가시가 있고, 누구는 뒷발질을 잘 하고, 누구는 아주 빨리 뛰고, 누구는 가죽이 매우 두텁지. 그 외에도 이빨이 몹시 날카롭거나 몸을 주위의 사물과 비슷한 색깔로 바꿀 수 있는 능력을 갖고 있기도 하고…….

그런데 희한하게도 우리 무화과에게는 이렇게 특별히 몸을 보호하고 방어할 만한 무기가 없단다. 우리가 가지고 있는 것은 오직 씨들뿐이야. 가련한 뽕나무들도 우리와 처지가 똑같아. 그러니까 이렇게 쉽없이 번식을 하는 것이지. 그것만이 방어 수단이 될 수 있으니까.

풀이나 나무뿐 아니라 동물들의 경우에도 우리와 같은 방법으로 종족을 보호하고 유지하는 것들이 있어. 딱히 힘이 세지 않거나 뚜렷한 방어 무기가 없는 나약한 동물들 말이야. 그들에겐 공격해 오는 적이 많을 수밖에 없지. 그래서 그들도 새끼를 아주 많이 낳아. 그래야 그중에서 살아 남는 놈들이 생기니까.

예를 들면 토끼가 그래. 예쁘고 온순한 동물이지만, 그만큼 토끼를 노리는 적들이 사방에 도사리고 있어. 그들은 일 년에 두세 번씩 새끼를 낳는데, 한 번에 다섯에서 열 마리가량을 낳는다고 해. 그래야 종족을 유지할 수 있거든.

어쩌면 사람들도 마찬가지일지 모르지. 사람에게 부(富)는 자신을 보호하고 방어하는 무기 역할을 한단다. 그래서 부유한 사람들은 아이를 많이 낳지 않아. 하지만 가난한 사람들은 자신들의 대를 이어 가기 위해 아이들을 많이 낳을 수밖에 없는 거야.

가난한 집에서 태어난 아이들은 부모가 제대로 돌볼 여유가 없기 때문에 죽어 버릴 확률이 높거든. 환경이 좋지 않아 병에 걸리기 쉽고, 병이 들면 제대로 치료를 받을 수가 없으니까. 그리고 영양 결핍으로 어린 나이에 죽는 경우도 많아. 요즘엔 세상이 좋아져서 그런 일이 많이 줄었다고는 하더라만.

이 모든 것은 너희가 자유의 몸이 되어 세상으로 나가 보면 저절로 알게 될 일이야. 가난한 나라일수록 아이들이 많은 이유 또한 바로 그 때문이란다. 결국 수를 늘리는 것은 나약한 자들이 이 세상에서 사라지지 않고 뿌리를 내리기 위해 할 수 있는 유일한 방법이지. 수가 많다는 것만으로도 저항과 방어, 그리고 존재의 무기가 될 수 있거든."

따뜻하고 달콤한 물로 가득 차 있는 엄마는 배 속에 품고 있는 씨들에게 이렇게 긴 교훈을 들려주었다.

"사랑하는 아이들아, 알겠니?"

엄마가 물었다.

"예, 알았어요!"

씨 형제들은 한목소리로 대답했다. 이번에는 내가 물었다.

"그럼 엄마 배 속에 있는 우리 형제들 대부분이 머지않아 죽는다는 얘기인가요?"

엄마는 슬픈 목소리로 말했다.

"그래, 슬프지만 그게 현실이야. 어쩌면 사람들이 엄마를 먹어 버릴지도 몰라. 하지만 우리 무화과 씨는 아주 튼튼해서 사람의 소화 기관에서 분비되는 강력한 소화액 속에서도 꿋꿋이 살아남을 수가 있지.

그다음엔 사람의 배설물과 함께 화장실로 쏟아져 내릴 거야. 그러고 나면 하수구로 흘러가게 되는데……. 자칫하다간 그것이 바다로 흘러가 버릴지도 모른단다. 바다로 흘러가게 되면 끝장이야. 너희 중 그 누구도 무화과나무가 될 수 없게 되는 셈이니까.

그게 아니라 해도 엄마가 아주 잘 익어 과즙이 흐르기 시작하면 새가 날아와서 쪼아 먹을지도 몰라. 그러면 대여섯 개의 씨가 새의 배 속으로 들어갈 수 있지. 새는 씨를 소화시키지 못하니까 배설물과 함께 땅으로 떨어지게 돼.

그 씨들 중 대부분은 바람에 날려가겠지만, 하나쯤은 돌 틈 같이 오목한 부분에 앉게 될 거야. 다행히 그곳이 영양분을 얻기가 쉬운 곳이고, 또 돌 사이를 뚫고 뿌리를 내리기에 적당한 곳이라면 무화과나무로 자랄 수 있지."

이것이 바로 앞으로 내가 말하게 될 내 인생의 시작점이다. 우리를 품고 있던 엄마가 들려준 말을 나는 단 한 번도 잊지 않고 살았다.

어느 날, 참새 한 마리가 우리가 살고 있는 열매, 즉 엄마의 몸을 쪼기 시작했다. 참새는 열매에서 나오는 달콤하고 불그스레한 과즙을 실컷 먹었다. 그때 나는 몇몇 형제들과 함께 참새의 배 속으로 들어갔다. 무화과의 배 속에서 참새의 배 속으로 들어가는 것은, 말하자면 다른 세계로 들어간다는 것을 의미한다.

참새의 배 속은 우리가 살았던 무화과의 배 속처럼 멋있지 않았다. 하지만 나는 내가 참새의 배설물과 함께 밖으로 나갈 거라는 걸 알고 있었다. 그 후에는 내가 어떻게 될지 장담할 수 없었지만.

예전에 엄마가 그랬다. 만약 우리가 배설물과 함께 배 속에서 나와 자유의 몸이 될 때, 바람이 나를 어딘가로 보내지 않는다면 땅에 그대로 떨어지게 될 것이라고. 내가 살고 있는 참새의 배설물이 어느 정도까지는 나에게 영양분이 되어 줄 터이고, 그때 비라도 조금 내려 준다면 영양분을 훨씬 더 쉽게 섭취할 수 있게 되리라.

나는 정말로 새의 배설물과 함께 바깥세상으로 나왔다. 내가 운이 좋았던 건지 나빴던 건지는 잘 모르겠다. 참새는 내가 있는 배설물을 커다란 돌과 돌 사이에 떨어뜨려 주었다. 나와 함께 있던 다른 형제들이 어떻게 되었는지는 알 수가 없었다. 어쩌면 그들은 강한 바람에 휩쓸려 풀이 많은 땅에 떨어졌을 수도 있고, 영원히 사라져 버렸을 수도 있다.

다행히 나는 때맞춰 내린 비로 영양분을 충분히 섭취했다. 그리고 오래지 않아 싹을 틔웠다. 가느다란 수염 같은 뿌리들이 자라기 시작했다. 돌 틈새의 척박한 곳에 자리 잡았을지라도, 무화과나무로 자라나야 한다는 소명만큼은 지키기 위해 최선을 다했다.

돌 틈새의 작은 공간으로 가녀린 뿌리들을 내리기 시작했다. 나는 갈수록 커져 갔다. 바람은 바위 틈새로 먼지와 흙을 날라다 쌓아 주었다. 덕분에 나는 거기서 영양분을 너끈히 섭취했다.

내 키가 어느 정도 자라자, 주변에 관해 알고 싶어졌다. 나는 아주 높은 곳에 있었다. 평지에 있는 큰 무화과나무의 키보다 열 배쯤 높은 곳이었다. 돌로 벽을 쌓아 올린 아주 큰 건물의 맨 꼭대기였다. 돌들은 일정한 크기와 모양을 띠었는데, 나는 그 돌과 돌 사이의 좁은 공간에 살고 있었다.

시간이 흘러 나의 키가 더 자라자, 내가 서 있는 곳의 상황을 좀 더 잘 이해할 수 있게 되었다. 내가 살고 있는 건물은 아주 커다란 성이었다. 성의 한쪽에는 영주가 사는 대저택이 있었다.

그 옆에는 영주를 위해 일하는 이들이 사는 집들이 있었다. 그곳에는 하인을 비롯해서 경비원, 호위병 등 노동자들이 살았다. 그리고 다른 한쪽에는 영주에게 벌을 받은 사람들이 갇혀 있는 감옥이 있었다.

나는 대저택과 노동자 마을, 그리고 감옥, 이 세 곳을 한꺼번에 볼 수 있는 모퉁이에 있었다. 풀이 무성하게 자라는 비옥한 땅에 있는 것은 아니었지만, 그런대로 내 자신이 행운아라는 생각이 들었다. 대저택과 감옥, 그리고 성 안의 사람들을 거의 다 내려다볼 수 있었기 때문이다. 감옥의 마당과 대저택의 넓은 거실도 들여다보였다.

뿌리는 돌 틈에 튼튼하게 자리를 잡았고, 가지들은 하늘을 향해 거침없이 뻗쳐 올라갔다. 그러자 모든 것이 더 잘 보이기 시작했다. 밑동에서 뻗어 나온 세 개의 가지는 차츰차츰 굵어지면서, 서서히 내 몸통의 일부가 되었다. 나는 세 개의 몸통을 가진, 혹은 몸통이 셋으로 나눠진 한 그루의 무화과나무가 된 셈이었다.

세 몸통 중 하나는 대저택의 거실이 잘 들여다보이는 창문 쪽으로 가지를 뻗었다. 두꺼운 유리로 된 창문 밖에는 쇠창살이 둘러쳐져 있었다. 쇠창살 사이로 가지들이 뻗어 들어가, 대저택에서 일어나는 일을 아주 잘 볼 수 있게 되었다.

두 번째 몸통은 성 안쪽으로 가지를 늘어뜨려, 그 안에 살고 있는 사람들을 바라볼 수 있게 되었다. 세 번째 몸통으로는 감옥의 마당, 즉 발에 쇠고랑을 차고 목에는 쇠사슬을 두른 죄수들을 볼 수 있었다.

내가 그곳, 그러니까 그 두 개의 돌 사이에서 싹을 틔워 가지를 뻗고 잎사귀를 매다는 것을 맨 처음 알아본 사람은 바로 감옥에 있는 사람들이었다. 대저택에 살고 있는 사람들도, 성 안에 살고 있는 노동자들도 아니었다.

그들은 영주의 명령을 거역하는 바람에 그곳에 갇히게 되었다. 감방은 꽤 여러 개로 나눠져 있었다. 그곳 사람들은 하루에 한 시간 동안만 마당으로 나와 산책할 수 있도록 허락되어 있었다.

그들은 퍽 오랜 세월 동안을, 마당에서 고개를 들어 겨우 볼 수 있는 하늘 외에는 자연의 그 어떤 것도 보지 못한 채 살아왔다. 풀이나 잔디, 초록빛 나뭇잎은 몇 년 동안이나 보지 못했다.

어느 날 아침이었다. 마침 마당에서 햇볕을 쬐고 있던 그들 중, 발에 쇠고랑을 찬 어떤 청년이 머리를 하늘로 쳐들었다. 그러다 성벽 위의 큰 돌 사이에 자라고 있는 내 초록색 잎사귀를 발견하였다. 그는 흥분을 감추지 못한 채 친구들을 향해 소리쳤다.

"잎, 잎, 잎이에요! 이리 와 봐요. 이것 보세요, 잎이에요! 새파랗게 돋은 잎이에요!"

마당에 있던 죄수들은 몸 여기저기에 두른 쇠사슬 때문에 쩔렁거리는 소리를 내면서 청년 앞으로 모여들었다. 그리고 청년이 손가락으로 가리킨 곳을 일제히 바라보았다. 마침내 나를 본 것이었다. 짙푸른 하늘 위에 떠 있는 무화과나무의 푸른 잎은 그들을 아주 기쁘게 만들었다. 그들의 얼굴은 이내 웃음으로 가득 찼다.

　　그들은 계속해서 중얼거렸다.

　　"잎, 잎……. 초록색, 초록색……."

　　그것만으로 모자랐는지 눈가에 이슬이 맺히는 사람도 있었고, 닭똥 같은 눈물을 뚝뚝 떨구는 사람도 있었다. 그들은 나의 잎과 가지들을 하염없이 바라보고 또 바라보았다. 햇볕을 쬐는 시간이 끝나서 감방으로 들어가기 전까지 모두들 나만 바라보았다.

　　그 뒤부터 매일같이 똑같은 모습이 연출되었다. 나는 그들에게 초록의 행복을 내려 주었다. 시간이 흐르자, 나는 그들을 더 기쁘게 해 주고 싶어졌다. 그래서 더 빨리 자라기 위해 돌틈 사이로 자리를 넓히려고 안간힘을 썼다.

　　뿌리로 힘들게 공간을 넓혀 놓으면, 바람이 먼지와 흙을 가져와 채워 주었다. 그곳에 빗방울들이 모이면 나는 더 많은 영양분을 섭취할 수 있었다. 덕분에 나는 하루가 다르게 커 갔다. 이러한 노력으로 매일 조금씩 죄수들을 더 기쁘게 해 줄 수 있었다.

나는 무화과 씨였던 시절, 엄마에게 들었던 이야기를 아직도 기억하고 있었다.

"우리 무화과의 삶은 몹시 힘들단다. 삶이 어렵기 때문에 우리의 열매가 달콤한 거야. 그 어려움을 견딘 자만이 작은 무화과 씨에서 터져 나와 뿌리를 내리고, 가지를 치고, 잎을 틔워 커다란 무화과나무가 될 수 있지.

우리는 살기 위해, 종족을 번식하기 위해, 그리고 이 세상에서 사라지지 않기 위해서 아주 강해져야 해. 저항력도 있어야 하고 인내심도 있어야만 하지.

어쩌면 누군가는 딱딱한 돌 위에 떨어질지도 모른단다. 영양분을 섭취할 정도의 풍부한 물과 흙을 찾지 못할 수도 있어. 하지만 그 어떤 조건에서도 좌절하지 말거라. 바위나 돌과도 싸워야 해. 그렇게 꼭 살아남아서 무화과나무가 되어야 한단다!"

엄마의 말들이 그대로 내게 다 일어났다. 엄마는 이런 말도 했다.

"아주 작은 무화과 씨에는 성이나 감옥의 벽을 무너뜨릴 수 있을 만큼 강한 힘이 숨겨져 있어. 왜냐하면 시간은 언제나 우리 무화과나무의 편이기 때문이지. 인내하면서 전진하렴.

쉬지 않고 계속해서 투쟁하는 거야. 오래오래 참고 기다릴 줄 알아야 해. 그러다 보면 언젠가는 성이나 감옥의 돌벽, 그리고 쇠창살이 결국 너희에게 지고 말 거야. 그러면 너희는 꿈이 이루어지는 것을 보게 될 테지."

나는 바로 이 말을 믿었다. 그래서 한쪽은 감옥, 한쪽은 노동자 마을, 또 다른 한쪽은 대저택의 성벽을 이루고 있는 이 큰 돌들을 이기려고 노력하였다. 나는 승리할 거라고 믿었다.

그런데 어느 날 내게 불행이 닥쳐왔다. 그날도 죄수들은 감옥의 마당으로 나와, 어느 때처럼 미소를 지으며 나를 바라보고 있었다. 눈빛으로 아침 인사를 하고, 자기들끼리 나에 관한 이야기를 나누고 있었다.

"봐, 오늘은 조금 더 컸지?"

"잎사귀들이 더 새파랗게 반짝이네?"

"키가 자라서 그래."

"더 클 거야, 앞으로 더 많이."

그때였다. 손에 채찍과 몽둥이를 든 교도관들이 이 광경을 목격하고 말았다. 죄수들이 즐거운 얼굴로 환히 미소짓고 있는 모습을……. 그들은 죄수들에게 몽둥이와 채찍을 휘두르며 해산시킨 뒤 이내 감방 안으로 밀어 넣었다. 그러나 이것으로 만족하지 않고, 영주의 측근에게 죄수들이 즐거워한 이유를 일러바쳤다.

다음 날 아침, 영주의 사형 집행관들이 사다리를 타고 내가 있는 곳으로 안간힘을 쓰며 올라왔다. 그들은 이제 겨우 세 갈래로 뻗어 나가기 시작한 내 몸통을 밑동에서부터 싹둑 잘라 버렸다.

하지만 돌 사이, 저 깊은 곳으로 뻗쳐 있는 뿌리까지는 어찌하지 못했다. 내 뿌리를 뽑아 버리면 큰 돌들이 흔들려서 벽이 무너질지도 모르기 때문이었다.

그들은 돌 틈에 있는 나의 뿌리가 다시 살아나 가지를 칠 것이라고는 미처 생각지 못한 듯했다. 하지만 곧 그들이 미처 생각지 못한 일이 현실로 나타났다.

나는 남은 뿌리만으로 살아남기 위해 갖은 힘을 다 쏟았다. 돌 사이로 더욱더 깊이 파고들어 가 영양분을 얻은 다음, 옛날보다 더 풍성한 몸통으로 키워 나갔다. 나의 키는 다시 자라기 시작했다. 가지와 잎들도 풍성하게 돋아 나왔다.

어느 날, 죄수들은 마당에서 예전보다 더 풍성하게 자란 나를 발견하였다. 그러나 그 누구도 고함을 치지 않았으며, 나에 대한 대화 또한 나누지 않았다. 그들은 들뜨고 기쁜 마음을 속으로 애써 누르고 있었다. 성벽 밑에 길게 늘어앉아 매일같이 자라나는 나의 잎과 가지들을 소리 없이 바라볼 뿐이었다.

그러던 어느 날, 나는 깜짝 놀랄 만한 일을 목격하고 말았다. 감옥에 있는 죄수들이 즐거워한다는 이유로 채찍을 휘둘렀던 교도관과 내 몸통을 무참하게 잘라 버린 사형 집행관들이 대저택이 아닌, 바로 성 안의 노동자 마을에 살고 있다는 사실이었다.

나는 이제 꽤 많이 자랐다. 내가 있는 곳에서 모든 것을 더 잘 볼 수 있게 되었다. 성에서 살고 있는 영주와 측근에게 봉사하는 노동자들은, 마치 우리 무화과 씨들처럼 그 수가 많았다. 적어도 수천 명은 되어 보였다.

그들은 쉬지 않고 아기들을 낳았다. 대략 시간당 한두 명의 아기가 세상 밖으로 나왔다. 그들은 아기를 많이 낳는 것으로 자신들의 수를 늘려 갔다. 그리고 많다는 것에서 힘을 얻어 가혹한 삶을 견디며 사라지지 않기 위해 노력하였다. 하지만 태어난 수만큼, 아니 태어난 수보다 더 많은 아기들이 죽어 나갔다.

시간당 한두 명의 아기가 태어났지만, 시간당 두세 개의 관이 성에서 나갔다. 이곳에 사는 사람들은 언제나 지독한 노동에 시달렸다. 하지만 그에 비해 형편없는 음식을 먹었고, 건강을 돌볼 여유조차 없었다. 그들의 대부분은 쉰 살이 채 되기 전에 죽음을 맞았다. 그때야 비로소 이 지옥 같은 삶에서 해방되는 것이었다.

시간당 두세 개씩 성 밖으로 나가는 관 뒤에서는 슬픔에 절은 통곡 소리가 들려왔다. 그 소리는 새로 태어난 아기들의 울음소리와 때때로 섞이곤 했다.

내가 아직 무화과 씨였을 때, 수많은 씨를 배 속에 품고 있었던 열매 엄마의 말은 정말로 옳았다! 이렇게 많은 아이를 낳아 기르지 않는다면, 이 가난한 사람들의 뿌리는 순식간에 메말라 사라져 버릴 것이었다. 아이들을 많이 낳아서 수를 늘리는 것은 그들이 유일하게 가질 수 있는 보호와 방어의 무기였다.

노동자 마을에 살고 있는 사람들이 이렇게 많은 아이들을 낳는 데 비해, 쇠창살이 둘러쳐져 있는 대저택의 영주나 그의 가족, 그리고 친척 들은 아이를 아주 적게 낳았다.

대저택에서는 시간 단위가 아니라, 일 년 아니면 이 년에 겨우 한 번가량 세상에 태어나는 아기의 울음소리를 들을 수 있었다. 그리고 오 년에서 십 년 사이에 어쩌다 한 번씩 장례를 치르곤 하였다. 그들은 늙어서 더 이상 살 수 없을 때가 되어야 죽기 때문이었다.

그들은 소수이며 선택된 사람들이었다. 대저택에서는 개들조차 쉽게 짝을 찾지 않았다. 대저택의 개들은 사오 년에 한 번씩 새끼를 낳는 데 반해, 성 안을 돌아다니는 집 없는 개들은 한꺼번에 예닐곱 마리의 새끼를 낳았다. 하지만 새끼들 중 대부분은 태어나자마자 죽고 말았다.

세월이 흐르면서 나의 뿌리는 더욱더 깊이 땅속으로 파고들어 갔다. 몸통 역시 그만큼 굵고 튼튼해졌다. 가지는 더 자라, 꿀처럼 달콤한 무화과 열매를 주렁주렁 매달았다.

나는 온힘을 다해 가지를 길게 뻗었다. 무화과 열매를 감옥의 마당과 성 안쪽으로 떨어뜨려 주기 위해서였다. 땅에 떨어진 무화과 열매를 주우려고 수십 명의 죄수들이 한꺼번에 달려들곤 했다.

나는 틈이 날 때마다 내가 무화과 씨였을 때 엄마가 해 주었던 충고와 교훈을, 내 가지에 달려 있는 무화과 열매 속의 씨들에게 들려주곤 하였다.

내 뿌리가 굵어져 깊은 곳까지 뻗어 나갈수록 큰 돌들의 틈새는 점점 더 벌어졌다. 내가 마음만 먹으면, 돌과 돌 사이의 틈새를 더 벌어지게 해서 대저택과 노동자 마을, 그리고 감옥의 벽을 무너뜨릴 수도 있었다. 그런데 그렇게 하지 않은 이유는 무엇일까? 어쩌면 그것이 한 알의 무화과 씨가 거둘 수 있는 가장 큰 승리일지도 모르는데······.

사실 그것은 그리 간단한 문제가 아니었다. 나는 대저택과 노동자 마을, 그리고 감옥의 경계가 되는 벽 위에 자리잡고 있었다. 도대체 돌을 어느 쪽으로 무너뜨려야 옳은지 알 수가 없었다.

감옥 쪽의 벽을 무너뜨린다면 그 가련한 죄수들은 일단 감옥에서 해방될 것이다. 대저택의 벽을 무너뜨린다면 매정한 영주는 돌 아래에 깔리고 그 호화로운 삶도 끝이 날 터이다.

만일 노동자 마을이 있는 쪽으로 벽을 무너뜨린다면? 이러나저러나 시간당 몇 명씩은 죽어 나가기 때문에 노동자들에게 실제로 돌아가는 이익은 별로 없을지도 몰랐다.

나는 몇 년 동안 이런 생각에 잠긴 채 열매를 맺었다. 나는 한 그루의 무화과나무였다. 내게 조언을 해 줄 그 누구도 곁에 있지 않았다.

그러던 어느 날, 꿀처럼 달콤한 내 무화과 열매를 쪼아 먹고 있는 비둘기를 발견하였다. 그래서 그 비둘기에게 나의 고민을 털어놓았다.

"사랑스런 비둘기야! 감옥의 벽을 무너뜨려 죄수들을 해방시켜 줄까? 아니면 대저택의 벽을 무너뜨려 영주에게 벌을 줄까? 넌 어느 쪽이 옳다고 생각하니? 내게 말 좀 해 주렴."

영리한 비둘기는 이렇게 말했다.

"감옥에 있는 사람들을 구해 준다고 치자. 하지만 그들은 자유롭게 사는 것에 익숙하지 않아. 또 그 자유는 그들 힘으로 얻은 것이 아니기 때문에 '살아가기 위해서' 다시 영주의 발밑으로 들어갈 거야. 그러면 영주는 죄수들을 가둬 놓기 위해 더 튼튼한 감옥을 짓겠지."

"네 말이 맞아. 그렇다면 영주가 살고 있는 대저택의 벽을 무너뜨리는 건 어떨까? 그러면 성 안에 살고 있는 노동자들이 가혹한 노동과 억압에서 벗어나 자유로워질 것 아냐?"

"그것도 그리 쓸모 있을 거라고 생각지 않아. 왜냐하면 성 안에 살고 있는 노동자들 역시 그들을 통치할 영주가 없는 자유로운 삶에 익숙하지 않거든. 그들 또한 자신들의 힘으로 자유를 얻은 것이 아니기 때문에 지금의 영주가 돌에 깔려 죽는다면 '살아가기 위해서' 새로운 영주가 필요하다고 생각할 거야. 그래서 다른 영주를 찾아 자신들을 통치해 달라고 부탁할테지."

"그래? 그러면 성 안에 사는 노동자들 쪽으로 벽을 무너뜨린다면 정신을 차리지 않을까?"

"그렇지 않을걸? 왜냐하면 벽이 그들 쪽으로 무너진다면, 자신들이 영주에게 봉사를 잘하지 못해서 신이 분노한 것이라고 여길 테니까."

비둘기는 이렇게 말한 뒤, 달콤한 무화과 열매로 배를 잔뜩 채운 다음 푸드덕 하고 날아가 버렸다. 비둘기의 말이 맞았다. 그렇다면 나는 어떻게 해야 할까? 그 어느 쪽으로 벽을 무너뜨리든 유용한 일이 되지 못하는 거라면…….

내가 뿌리를 아주 깊은 곳까지 내려 버렸기 때문에 큰 돌들은 이제 흔들거리기 시작했다. 어찌 되었든 벽은 무너질 것이었다. 이제는 돌이킬 수 없는 일이었다. 그래서 난 생각했다. 죄수들에게, 성 안의 노동자들에게 무화과 씨 한 알의 힘을 보여 주어야겠다고…….

아주 작고 보잘것없는 무화과 씨 한 알이 성벽과 대저택, 그리고 감옥을 허물어뜨릴 수 있음을 보여 준다면 그들도 못 할 일이 없다고 생각하지 않을까. 그러면 그들도 자신들을 가두고 있는 벽을 허물 수 있게 되리라. 벽을 무너뜨리는 나를 보고 교훈을 얻어 자신들이 해야 할 일이 무엇인지 생각하고 이해하게 될 것이다.

그런데 혹시라도 그들이 이해하지 못하면 어쩌지? 하지만 다른 수많은 무화과 씨들이 있으니까 걱정할 것 없다. 그 무화과 씨들이 더 많은 벽을 무너뜨려, 언젠가는 그 사람들에게 힘의 실체를 깨닫게 해 줄 테니까.

나는 결국 마음을 먹었다. 그리고 그 어느 때보다 더 달콤한 무화과 열매를 풍성하게 감옥의 마당과 성 안으로 떨구어 주었다. 그러고 나서 넓은 잎사귀들로 깊이깊이 숨을 들이마셨다. 나는 아주 깊은 곳으로 뻗어 나간 뿌리로 땅에 남은 마지막 한 방울의 물까지 죄다 빨아들인 다음 최대한 몸을 부풀렸다.

그러자 큰 돌들이 천지를 뒤흔드는 소리를 내며 무너졌다. 나도 내 위로 쏟아지는 돌더미에 깔려 죽었다.

내가 죽은 후 세상에 어떤 일이 일어났는지는 모른다. 성 안에 사는 노동자들이, 감옥에 있던 죄수들이, 보잘것없는 무화과 씨 하나가 무너뜨린 벽을 보고 어떤 교훈을 얻었는지 알지 못한다. 그들이 스스로의 힘으로 어떤 일을 할 수 있게 되었는지에 대해서도 알 길이 없다.

하지만 내가 아는 것은 딱 한 가지가 있다. 나의 잘 익은 무화과 열매 안에 있던 수백 개의 씨 가운데 대부분은 성의 벽, 감옥의 벽, 그리고 모든 악과 속박의 벽을 무너뜨리기 위해 끝까지 싸울 거라는 점이다.

　그리고 무화과 씨들은 종족을 보존하며 살아남기 위해서는 반드시 다수가 되어야 한다는 것을, 바로 그 다수가 보호와 방어의 무기라는 것을 몸으로 깨닫게 되리라.

내가 제일 운이 나빠!

어느 대도시에서 일어난 이야기다. 그곳에는 자못 큰 기차역이 하나 있었다. 수많은 철로가 엇갈려 지나가고 있었으며, 기차가 쉼 없이 드나들었다.

기차역 부근에는 바다가 있었다. 기차역과 부두 사이의 넓은 공터에는 여러 가지 교통기관의 차고지가 차례로 늘어서 있었다. 버스, 택시, 무궤도 전차, 전차, 자동차, 트럭 등등.

각 교통기관들은 매우 가까이 있었기 때문에 이런저런 이야기를 나눌 기회가 많았다. 그중에서도 버스와 택시는 아주 절친한 사이였다. 어느 날 버스가 택시에게 말했다.

"기차는 참 편하게 일하는 것 같아. 바퀴가 애쓸 필요도 없이, 선로 위에서 미끄러지듯 다니니까. 게다가 항상 같은 길만 오가잖아. 길을 나서기 전에 이미 어떤 길로 가서 어떤 길로 돌아올지를 안다면 얼마나 좋을까. 그치?"

버스의 말에는 기차에 대한 부러움이 한껏 묻어났다. 그러자 택시가 한 술 더 떴다.

"맞아, 기차는 참 운도 좋아. 우리처럼 고생스럽게 살지 않아도 되잖아. 난 말야, 늘 불안해. 언제 어디로 갈지 알 수가 없으니까. 이 무질서한 삶이 지겨워 죽겠어."

그들의 대화에 아주 가냘픈 목소리 하나가 끼어들었다. 그 가냘픈 소리는 버스에게 이렇게 속삭였다.

"존경하는 버스 양반, 난 당신이 왜 그렇게 불평을 하는지 이해할 수가 없군. 당신은 그래도 노선은 분명하잖아? 그 노선에 따라 정해진 길을 왔다 갔다 하면 되니까. 하지만 난 어떤 길로 가서 언제 어디서 멈춰야 하는지조차 불확실하다고. 나를 타는 사람의 마음에 달려 있지."

이 가냘픈 목소리의 주인공은 바로 보관소에 남겨진 자전거였다. 자전거는 노선이 분명한 버스를 부러워하고 있었다. 이번에는 굵직한 목소리가 끼어들었다. 그 굵직한 목소리가 버스에게 말했다.

"자전거 말이 맞아. 나도 정해진 노선을 한 번도 가 본 적이 없어. 이 불규칙한 생활, 정말로 견디기 힘들어. 모든 게 운전사 맘대로야. 자신이 원하는 때에 몰고 나가서 아무 데나 멈춰

서곤 하지."

이 굵은 목소리의 주인공은 차고지의 한켠에 서 있던 트럭이었다. 트럭은 버스를 부러워하고 있는 것이 틀림없어 보였다.

"정해진 노선이 있다면 얼마나 좋을까? 너희는 우리의 슬픔을 상상도 못 할 거야. 나에겐 한 번도 정해진 노선이 없었어. 앞으로도 없을 거고……."

자전거도 그 가냘픈 목소리로 맞장구를 쳤다.

"맞아, 나에게도 정해진 노선이 있으면 얼마나 좋을까. 정해진 시간에, 정해진 길을 따라, 정해진 곳으로 가는 것 말이야. 규칙적인 삶을 살 수 있다면 참 행복할걸."

그러자 택시가 가냘픈 목소리의 자전거와 굵은 목소리의 트럭이 하는 말에 동조를 하였다.

"그러니까 버스는 우리에 비하면 아주 훌륭한 삶을 살고 있는 셈이야. 행복한 줄 알아야 돼. 정해진 노선이 있다는 것은 어쨌든 규칙적이란 뜻이잖아. 난 한 번도 규칙적인 삶을 살아본 적이 없어. 운전사는 새벽이든 한밤중이든 아랑곳하지 않고 자기 마음 내킬 때면 언제든 나를 몰고 나가 버리거든. 그에 비하면, 버스는 늘 정해진 노선 안에서 생활하니까 비교적 안정적인 삶을 산다고 할 수 있지."

택시 역시 자전거나 트럭처럼 정해진 노선을 갖고 있는 버스를 부러워하고 있는 것이 분명했다. 그때까지 묵묵하게 이 세 가지 교통기관의 말을 듣고 있던 버스가 입을 열었다.

"그래, 내가 시에서 정해 준 노선에 따라 살아간다는 건 맞는 말이야. 그렇지만 늘 같은 상황을 되풀이하는 것은 아니야. 같은 길을 오가더라도 운전사에 따라서 이쪽으로도 갈 수 있고 저쪽으로도 갈 수 있어. 그러다 길이 막히면 서야 할 곳이 아닌 데서 하염없이 멈춰 서 있기도 하고 말야.

하지만 기차는 정말 우리와 다르지. 기차의 바퀴는 항상 선로 위에 있으니까. 선로에서 일 센티미터도 벗어나지 않은 채 살아가고 있을 뿐 아니라, 다음 역에 도착할 때까지 멈추지도 않잖아. 특별한 일이 발생하지 않는 이상……."

버스의 말 속에는 기차에 대한 부러움이 잔뜩 배어 있었다. 이 말을 들은 택시가 버스에게 말했다.

"그래도 너에겐 정해진 노선이 있잖아? 우리는 그것조차 없는데……."

버스가 다시 말했다.

"내 삶은 한 번도 기차처럼 규칙적이지 않았어. 차라리 무궤도 전차처럼 살고 싶어. 무궤도 전차도 기차처럼 전류를 공급받는 전선에서 한 치도 벗어나지 않잖아. 언제나 규칙적으로 생활하지. 무궤도 전차는 참 행복할 거야."

그때 갑자기 거친 목소리가 들려왔다.

"뭔가 단단히 오해를 하고 있군."

이 목소리는 차량 기지에 멈춰서 있던 무궤도 전차한테서 흘러나왔다.

"너희는 정해진 노선이란 게 얼마나 지루한 건지 몰라서 그래. 전선에서 한 치도 벗어날 수 없는 삶을 생각해 봐. 그래도 버스는 정해진 노선을 따라 달리면서도 길 안에서 왼쪽이든 오른쪽이든 조금씩 이동할 수 있잖아. 길이 막히면 적당한 곳에서 멈추어 쉴 수도 있고…….

하지만 난 자유라곤 눈곱만치도 없단 말이야. 정해진 노선이 부럽다고? 웃기는 소리하지 말라고 해! 그따위 것은 제발 없어졌으면 좋겠어. 언제 어디서 출발하고 멈춘다는 것을 미리 안다는 게 뭐 그리 즐겁단 말이냐?

그래, 하루 이틀 정도는 괜찮을 수 있어. 하지만 평생을 그렇게 산다는 건 고문이라고! 최소한 한 달에, 혹은 일 년에 한 번쯤은 우리에게도 휴가를 주었으면 좋겠어. 내가 묶여 있는 전선에서 벗어나, 원하는 시간에 원하는 곳을 향해 내 마음대로 갈 수 있게……. 버스나 트럭, 택시, 자전거처럼. 나에겐 자유가 하나도 없단 말이야."

무궤도 전차가 하는 말에는 버스와 트럭, 택시, 그리고 자전거에 대한 부러움이 역력하게 묻어 있었다. 그의 말이 끝나자, 말을 아주 느릿느릿하게 하는 친구가 이 대화에 끼어들었다. 기차역에 멈춰 서 있던 기차였다. 기차는 말을 할 때 그의 긴 꼬리만큼이나 말을 길게 늘어뜨리는 버릇이 있었다.

"무궤도 전차의 말이 맞아. 항상 똑같은 일을 한다는 것이 얼마나 지루한 일인지 너희는 모를 거야. 난 사는 게 지겨워. 나의 바퀴와 연결된 저 레일 위에서 잠시라도 벗어나, 드넓은 초원과 들판을 달릴 수 있다면 얼마나 좋을까. 그곳에는 어떤 것들이 있는지 돌아다니면서 내 눈으로 살펴보고 싶어. 너무 너무 궁금해.

하지만 나에겐 자유가 전혀 없어. 레일 위의 길 외에는 다른 그 어떤 곳으로도 갈 수가 없지. 정해진 시간과 정해진 노선을 벗어나서는 아무것도 할 수가 없어. 내가 원하는 그 어떤 것도 할 수가 없다고!

자유를 얻을 수만 있다면 목숨이라도 기꺼이 내놓을 수 있어. 무궤도 전차는 그래도 나보단 나아. 나처럼 레일 위를 달리는 게 아니라 전선에 묶여 있는 거니까, 적어도 조금씩은 움직거리면서 이동할 수 있잖아. 하지만 내 바퀴들은 일 센티미터라도 레일에서 벗어났다간 큰일이 나지."

이 말에서 우리는 기차가 택시, 트럭, 자전거, 버스뿐만 아니라 무궤도 전차까지도 부러워한다는 사실을 알 수 있었다. 그때 마침 삐걱거리는 소리가 이 대화에 동참하였다. 그건 차량 기지에 서 있던 전차였다. 레일에서 나는 그 삐걱거리는 소리로 기차에게 말했다.

"구구절절 다 옳은 말이야. 하지만 존경하는 기차 양반, 내가 생각하기에 당신은 퍽 운이 좋은 편이야. 나보단 더 자유로우니까. 나도 자네처럼 바퀴를 레일에서 단 일 센티미터도 벗어날 수가 없어. 정해진 시간과 노선에 따라 살아가는 것은 물론이고…….

이렇듯 지루한 생활을 두고 어떤 이들은 규칙적인 삶이라고 하더군. 하지만 자유가 없는데 이 '규칙적인 삶'을 어디다 써먹을 수 있겠어? 나도 레일이 깔려 있지 않은 곳에는 무엇이 있는지 무척 궁금하단 말이야. 복잡한 도시 한가운데를 마음껏 배회하고 싶다고. 하지만 불가능한 일이지."

기차가 맞장구를 쳤다.

"네 마음이 어떤 건지 충분히 이해할 수 있어. 그런데 왜 내가 너보다 더 운이 좋다는 거지?"

전차는 특유의 삐걱거리는 소리를 내면서 대답했다.

"넌 네가 가진 행복이 어떤 건지를 모르고 있어. 그래서 쓸데없는 불평을 늘어놓고 있는 거라고. 너는 적어도 이 도시에서 저 도시로 돌아다닐 수 있잖아. 그런데 난 뭐야?

도시 안에서 정해진 역 사이만을 왔다 갔다 할 뿐이야. 아주 짧은 거리에 있는 역 사이를 하염없이 왔다 갔다 해야 한다고. 이것이 얼마나 지루한 일인지 넌 상상도 하지 못할 거야. 정말이지 때때로 이 레일에서 벗어나 도시 속으로 뛰어들고 싶어져."

이 말에 비추어 보면 전차는 택시와 자전거, 트럭, 버스뿐만 아니라 기차까지도 부러워하고 있다는 것을 알 수 있었다. 그때 부두로 다가오고 있던 배한테서 고동 소리가 울려 나왔다. 그 소리를 듣고 버스가 말했다.

"정말로 운 좋은 교통기관은 배야."

기차가 눈을 둥그렇게 뜬 채 왜 그런 거냐고 물었다. 버스가 대답했다.

"왜냐하면 배의 삶은 규칙적이면서도 자유롭잖아. 정해진 뱃길을 따라 왕래하지만, 바다 위에 떠 있기 때문에 자유롭기도 하고……."

그러자 트럭이 맞장구를 쳤다.

"맞아, 게다가 바다는 부드럽잖아. 우리가 다니는 바닥은 무지무지 딱딱한데……. 배는 부드럽고 미끄러운 물 위에서 원하는 대로 움직일 수 있어."

이 말은 곧 육상의 교통기관들이 배를 부러워하고 있다는 사실을 보여 주고 있었다. 마침 그때 부두에 도착한 배가 이 말을 듣고 대답했다.

"다들 잘못 생각하고 있는 것 같군. 너희가 밟고 있는 곳은 딱딱하지만 튼튼하잖아. 튼튼한 곳에 발을 딱 붙이고 있으니까 얼마나 안전할까! 바퀴 밑에 있는 바닥이 요동치는 일도 없고……. 하지만 난 어디 그래? 항상 물 위에 떠 있다고. 물은 안전하지 않아. 쉼없이 출렁거리기 때문에 늘 불안에 떨어야 해. 큰 파도가 몰아쳐 올 때는 얼마나 무서운지 몰라. 너희는 자신이 얼마나 운이 좋은지를 모르고 있는 거야."

배는 육상에 있는 교통기관들을 부러워하고 있었다. 바로 그때 하늘에서 굉장히 큰 소리가 들려왔다. 비행기였다. 비행기는 그들의 머리 위를 막 지나가고 있었다. 기차가 말했다.

"비행기는 정말 좋겠다. 정말로 운 좋은 교통기관이야. 끝없이 자유롭잖아."

트럭도 한마디 거들었다.

"맞아, 비행기는 끝없이 자유로워. 노선이 있어서 규칙적인 생활을 하면서도……."

육상과 해상의 교통기관들은 모두 비행기를 부러워하고 있었다. 하늘에서 그들의 대화를 들은 비행기는 아래쪽을 내려다보며 이렇게 말했다.

"아주 큰 오해를 하고 있군. 그래, 바다는 출렁이고 미끄럽지. 그래도 하늘보다는 안전해. 배는 큰 힘을 들이지 않고도 바다 위에 가만히 떠 있을 수 있잖아. 하지만 난 모터가 끊임없이 작동하지 않으면 하늘에서 떠 있을 수가 없어.

이 불안전한 삶이 지겨워 죽겠다고. 나도 땅에서 바퀴로 달리고 싶어. 공항을 벗어나 도시로 들어가 보고 싶단 말야. 난 평생토록 모든 것을 위에서만 내려다보고 살았어. 그 어떤 것도 바로 옆에서 보지를 못했지.

아, 버스나 트럭이 될 수 있다면 얼마나 좋을까? 자전거라도 될 수 있다면 기꺼이 그 길을 택하겠어. 언젠가는 나도 공항을 떠나 자유의 몸이 될 거야. 그런데 너희는 무엇 때문에 나를 자유롭다고 생각하는 거야? 나는 항상 정해진 노선에 따라 날아가야만 하는데……. 그것도 시시때때로 거센 비바람과 목숨을 내건 채 싸우면서 말야."

결국 비행기는 육상뿐만 아니라 해상의 교통기관까지 부러워하고 있다는 사실을 알 수 있었다.

이들 교통기관들 중 서로를 부러워하지 않는 것은 하나도 없었다. 어떤 것은 규칙적인 삶과 정해진 노선을 원했다. 또 어떤 것은 정해진 노선이 지겨워 자유를 원했다. 또 다른 어떤 것은 보고 싶은 곳으로 마음껏 떠나고 싶어했다.

비행기는 세상을 위에서만 내려다봐야 한다는 것을 지겨워하고 있었다. 전차는 버스를, 버스는 기차를, 기차는 트럭을, 트럭은 무궤도 전차를, 무궤도 전차는 배를, 배는 비행기를……. 그러니까 그들 모두가 서로를 부러워하고 있었다.

교통기관들은 자신들이 원하는 대로 살아갈 수 없다는 사실을 몹시 답답해하였다. 그러던 어느 날, 각자가 그리워하고 있는 삶을 살아 보기로 결심하였다.

기차는 레일에서 벗어나 평소 궁금해하던 곳으로 가려고 했다. 자전거와 버스는 전차의 레일에 자신들의 바퀴를 걸쳐 놓고 규칙적인 생활을 하려고 해 보았다.

그리고 트럭은 기차의 레일을 따라가고자 했다. 전차는 딱딱한 땅을 밟는 것이 지겨워 바다 위에서 자유로워지고 싶어했다. 배는 출렁이는 바다를 떠나 안전한 육지로 가려 했다. 비행기는 활주로에 내린 후, 버스처럼 자유롭게 도시 속을 활보하려 애썼다.

이렇게 교통기관들은 평생 부러워하던 소원을 실현하려는 시도를 하였다. 결과는 어떻게 되었을까?

레일에서 벗어나 먼 곳을 보려 했던 기차는 그 자리에서 뒤집히고 말았다. 비행기는 작은 바퀴로 마음대로 달리다가 날개가 그만 벽에 부딪혀서 고장이 나 버렸다.

자전거는 전차 레일에 바퀴를 안착시키려 안간힘을 쓰던 트럭이 넘어지는 바람에 그 밑에 깔렸다. 육지에서 안전한 곳을 찾던 배는 모래에 처박혀 갑판이 부서지고 말았다. 전차는 레일을 채 벗어나기 전에 옆으로 고꾸라져 버렸다.

전선에서 벗어난 무궤도 전차 역시 스스로 굴러갈 힘이 없었기 때문에 그 자리에 멈춰 서고 말았다. 택시는 비행기처럼 날려고 몇 번이나 펄쩍펄쩍 뛰다가 나무에 부딪히고 말았다. 배처럼 정해진 노선과 자유를 원했던 버스는 바다로 뛰어들었다가 곧바로 물속으로 가라앉았다.

결국 이 교통기관들은 아무것도 해 보지 못했다. 자기 이외에는 그 무엇도 될 수가 없었던 것이다. 이 사건이 있은 후, 각 교통기관의 역사가들은 책에다 아래와 같이 기술하였다.

어떤 교통기관이든 간에 자신이 아닌 것으로 바꿔 보려는 순간, 그 자신으로도 남아 있을 수가 없기 때문에 그 무엇도 될 수가 없다.

모래성과 아이들

어느 바닷가에 예쁘게 지은 펜션과 별장이 마을을 이루고 있었다. 이곳은 여름철이면 피서객들이 찾아와 여름 휴가를 즐기고 가곤 했다. 마을 앞에는 바다로 이어지는 모래밭이 넓게 펼쳐져 있었는데, 곱고 부드러운 모래들이 햇빛을 받아서 언제나 반짝반짝 빛났다.

바다는 작은 만으로 되어 있어서 그런지 파도가 늘 잔잔했다. 게다가 아주 얕았기 때문에 부모들은 마음 놓고 아이들을 바닷가에서 놀도록 내버려 두었다.

아이들은 끼리끼리 어울렸다. 초등학생 또래의 아이들은 모래밭에서 모래성을 쌓으며 놀았다. 모래를 쌓아 커다란 성을 만든 다음, 성 앞에 구덩이를 파서 수영장을 만들곤 했다.

수영장 안의 바닷물은 맞은편에서 공격해 오는 적들이 성 안으로 침입하는 것을 막아 주었다. 성벽에는 적의 침입을 살피기 위한 구멍을 뚫었다.

하지만 대개는 성을 완성하지 못했다. 바다에서 몰아쳐 오는 파도가 모래성을 쓸어가 버리기 때문이었다. 많은 정성을 들여 만든 모래성은 순식간에 사라져 버리곤 했다.

하지만 이 놀이의 즐거움은 바로 거기에 있었다. 바다에서 뻗어 나온 거품 섞인 파도가 성을 혀로 핥아서 삼켜 버리는 것……. 아이들은 파도가 성을 무너뜨릴 때마다 모래밭에서 웃고 떠들고 뒹굴며 수선을 떨었다.

그러고는 다시 모래성을 쌓았다. 오래지 않아 파도가 밀려와 성을 또 허물어 버렸다. 아이들은 하루 종일 이 놀이를 하면서 시간을 보냈다.

어느 날 바닷가의 별장에 나이가 꽤 지긋해 보이는 부부가 짐을 풀었다. 아이들은 새로운 사람이 올 때마다 이것저것 궁금한 것이 많아졌다. 물론 이 나이 지긋한 부부에게도 관심이 쏠렸다.

그런데 아저씨는 항상 얼굴을 찌푸리고 다녔다. 웃지를 않아서 그런 건지 아주머니보다 나이가 훨씬 더 많이 들어 보였다. 키가 크고 마른 체격이었는데, 수영복을 입으면 더 비쩍 말라 보였다. 모래밭에 누워 일광욕은 했지만 바다에 들어가지는 않았다.

아이들은 이 아저씨가 자기들에게 전혀 말을 걸지 않는 것을 의아하게 생각했다. 이곳으로 여행 온 어른들 중에서 아이들에게 말을 걸지 않는 사람은 오로지 그 아저씨뿐이었다.

바다에 들어가지도 않고, 웃지도 않고, 아이들과 이야기도 하지 않으려면 왜 굳이 바닷가로 여행을 왔는지 이해할 수가 없었다.

며칠 뒤였다. 그날도 아이들은 바닷가에서 모래성을 만들고 있었다. 피부가 햇볕에 타서 구릿빛으로 변한 남자아이가 아이들에게로 뛰어왔다.

"애들아, 알아냈어!"

그 남자아이가 소리쳤다. 그러자 여자아이 하나가 고개를 들면서 물었다.

"뭘 알아냈다는 거니?"

"맨날 얼굴을 찡그리고 있는 그 아저씨가 왜 여기로 왔는지를 알아냈다고."

다른 아이들도 손에 들고 있던 삽과 양동이를 놓고는 동시에 물었다.

"왜 왔대?"

"왜 왔대?"

피부가 구릿빛으로 변한 남자아이가 설명하기 시작했다.

"그 아저씨 부인이 우리 엄마한테 하는 말을 들었거든. 그 아저씨가 신경 쇠약에 걸렸대. 그래서 무슨 일에든 벌컥벌컥 화를 잘 낸다나 봐. 의사가 바닷가에 가서 편안한 마음으로 웃고 즐기다 오라 그랬대."

눈이 예쁜 여자아이가 말했다.

"하지만 전혀 웃지 않잖아?"

햇볕에 검게 그을린 남자아이가 말했다.

"어쩌면 웃는 것이 무엇인지 모를 수도 있어."

또 다른 아이가 말했다.

"웃는 것을 모르는 사람은 없어. 하지만 잊었을 수는 있지."

아이들은 갑자기 입을 다물었다. 왜냐하면 늘 얼굴을 찌푸리고 있는 그 아저씨가 아이들을 향해 걸어오고 있었기 때문이었다. 아이들은 다시 놀이에 빠져들었다.

찡그린 얼굴의 아저씨는 아이들 곁에 와서 걸음을 멈추었다. 그러고는 한참 동안 한마디 말도 없이 아이들이 노는 것을 바라보았다. 그 아저씨가 자신들을 말없이 바라보자 아이들은 괜스레 초조한 마음이 들었다. 잠시 후 아저씨가 말했다.

"파도가 몰려오면 그렇게 공들여 쌓은 모래성이 무너져 버릴 텐데……."

동글동글하게 생긴 남자아이가 대답했다.

"우리도 알아요."

아저씨는 부루퉁한 얼굴을 더욱 찌푸리며 말했다.

"알고 있다면서 왜 바다에 바짝 붙어서 그러니? 뒤로 좀 물러나서 만들면 될 텐데……."

머리를 양 갈래로 땋은 여자아이가 말했다.

"그러면 파도가 와서 무너뜨리지 못하잖아요? 파도가 모래성을 무너뜨리라고 여기서 하는 거예요."

찌푸린 얼굴의 아저씨는 답답하다는 듯한 표정을 지으며 아이들 곁을 떠났다. 하지만 그다음 날 다시 아이들이 놀고 있는 곳으로 다가왔다. 한참 동안 서서 구경을 하더니 또다시 참견을 했다.

"이제 곧 파도가 몰려오면 모래성을 무너뜨릴 거야."

햇볕에 건강하게 탄 남자아이가 어깨를 으쓱하며 말했다.

"무너지라지요, 뭐."

"무너질 걸 알면서 왜 만드니?"

아저씨의 얼굴은 더욱더 험상궂어졌다. 한 여자아이가 말했다.

"그냥 만드는 거예요."

바로 그때 정말로 파도가 몰려와 모래성을 삼켜 버리고 말았다. 찌푸린 얼굴의 아저씨는 자기 말이 맞는다는 걸 증명이라도 했다는 듯 거만한 투로 말했다.

"봐, 내가 너희에게 미리 말했지!"

하지만 아이들은 이 말을 듣지 못했다. 파도가 모래성을 무너뜨리는 순간, 폭소를 터뜨렸기 때문이다. 심지어 모래밭에 데굴데굴 구르는 아이도 있었다. 찌푸린 얼굴의 아저씨는 화가 나서 이를 갈며 그곳에서 발길을 돌렸다.

찡그린 얼굴의 아저씨는 하루에도 몇 번씩 바닷가로 나와서 아이들이 모래성 만드는 걸 지켜보았다. 그러다가 꼭 아이들더러 쓸데없는 일을 하고 있다고 참견을 하였다. 그러면 아이들 역시 늘 똑같은 대답을 해 주곤 했다.

"알고 있어요."

찌푸린 얼굴의 아저씨는 항상 똑같이 말했다.

"무너진다고 말했잖아."

곱슬머리 여자아이도 항상 똑같이 대답했다.

"무너지면 다시 만들지요, 뭐."

"무너질 걸 알면서 왜 만드니? 그럴 바에야 좀더 쓸모 있는 일을 하지."

하지만 파도가 밀려와 모래성을 무너뜨리는 순간이 되면 이 건조한 대화도 끝이 났다.

그러던 어느 날이었다. 아이들은 여느 때처럼 바닷가에서 모래성을 만들고 있었다. 그때 그림자 하나가 모래성 위로 드리워졌다. 아주 긴 그림자였다. 그림자가 아이들 곁으로 천천히 다가왔다.

아이들은 그 그림자가 찌푸린 얼굴의 아저씨 것이라는 걸 보지 않고도 알 수 있었다. 찌푸린 얼굴의 아저씨는 그림자조차도 찡그리고 있는 듯했다.

그날 아저씨는 여느 때처럼 참견을 하지 않았다. 아무 말 없이 아이들을 바라보기만 했다. 이윽고 점심때가 되었다. 엄마들이 모래밭으로 나와 아이들을 불렀다. 아이들은 만들던 모래성을 그대로 둔 채 점심을 먹기 위해 집으로 갔다.

아저씨는 모래성 앞에 홀로 서 있었다. 모래성을 물끄러미 바라보며 한동안 그렇게 서 있었다. 그러다 잠시 후, 사방을 둘러보며 주위에 누가 없는지를 살폈다. 자기를 보는 사람이 아무도 없다는 것을 확인하자, 그는 모래성을 가운데 둔 채 다리를 벌리고 앉았다.

그리고 바다를 바라보았다. 파도의 높낮이에 따라 박자를 맞추듯 머리를 앞뒤로 흔들었다. 잠시 후 커다란 파도가 밀려와 모래성을 휩쓸었다.

순간 아저씨의 얼굴선이 둥그레졌다. 웃고 있는 것이었다. 그는 웃고 있는 자신의 모습을 행여 누가 보고 있지나 않은지 살피기 위해 주위를 휘둘러보았다. 아무도 없었다.

아저씨는 손으로 모래를 그러모아 다시 성을 만들기 시작했다. 성벽에 망을 보는 구멍도 뚫었다. 그리고 누대를 만든 뒤, 모래밭에서 주운 나뭇가지에 작은 종이를 끼워 깃발인 양 꽂아 두었다.

바로 그때 바다 위를 달리던 요트에서 퍼져 나온 파도가 모래밭으로 밀려와 성을 무너뜨렸다. 그 아저씨는 웃고, 웃고, 또 웃었다. 그는 다시 성을 만들기 시작했다.

아이들이 하나둘씩 돌아오기 시작했다. 아이들은 찡그린 얼굴의 아저씨가 자기들처럼 모래성을 만들고 있는 것을 보고는 깜짝 놀랐다. 하지만 짐짓 아무런 소리도 내지 않은 채 그의 뒤에 줄지어 앉았다.

아저씨는 정성을 다해 아주 멋진 성을 만들었다. 햇볕에 까맣게 그을린 아이가 조그만 목소리로 소곤거렸다.

"저렇게 멋진 성은 나도 만들지 못할 거야."

하지만 안타깝게도 파도가 아주 빠르게 밀려와 그 멋진 성을 휩쓸어 가고 말았다. 모래성이 휩쓸려 가자 아저씨는 큰 소리로 웃기 시작했다. 뒤에 줄지어 앉아 있던 아이들도 더 이상 참지를 못하고 큰 소리로 웃음을 터뜨렸다.

한참 후에야 아저씨는 아이들의 웃음소리를 들었다. 그들은 모두 함께 큰 소리로 웃었다.

그날 이후 아저씨의 얼굴선은 늘 동그란 모양을 띠었다.

멋진 것과 옳은 것

무라트는 우연히 할아버지가 시를 쓴다는 사실을 알게 되었다. 하지만 그때는 시가 무엇인지를 정확하게 알지 못했다. 어느 봄날 아침, 무라트는 식사를 마치고 할아버지와 함께 발코니로 나갔다. 신문을 읽고 있는 할아버지에게 이렇게 물었다.

"할아버지, 할아버지는 시를 쓸 줄 아세요?"

신문을 보던 할아버지가 고개를 들고 대답했다.

"응, 가끔 시를 쓰지."

무라트는 궁금한 것이 많았다. 시는 도대체 어떤 것일까? 엄마와 아빠는 시를 쓰지 않았다. 하지만 할아버지는 시를 썼다. 그것으로 보아, 모든 사람이 시를 쓰는 것은 아닌 듯했다. 왜 모두들 시를 쓰지 않는 것일까? 시를 쓸 줄 모르기 때문일까? 학교에 다니게 되면, 그래서 글을 읽고 쓸 줄 알게 되면 자신도

시를 쓸 수 있을지 궁금했다.

그러던 어느 날, 무라트는 할아버지에게 다시 질문을 던졌다.

"할아버지, 시가 뭐예요?"

할아버지는 신문을 보다가 미소를 지으며 안경 너머로 손자를 바라다보았다.

"설명하기가 어렵구나."

무라트는 자신감에 넘쳐서 말했다.

"할아버지가 설명해 주시는 거라면 무엇이든 다 알아들을 수 있어요."

"물론 넌 알아들을 수 있을 게다. 하지만 내가 설명하기가 어려운걸."

무라트는 어느 때처럼 질문을 퍼붓기 시작했다.

"왜 어려운데요?"

"왜냐하면 사람들은 시를 모두 자기 나름의 생각대로 설명하기 때문이지."

"그렇다면 할아버지가 생각하시는 대로 설명해 주세요."

무라트가 일단 질문을 던지기 시작하면 그 누구도 벗어날 수가 없었다. 할아버지는 무라트를 무릎에 앉힌 다음 이렇게 말했다.

"내가 생각하기에, 시는 옳은 것을 멋진 감정으로 설명하는 거란다."

무라트는 이 말이 무슨 뜻인지 이해할 수가 없었다. 듣고도 이해하지 못한다는 것은 자존심 상하는 일이었다. 그래서 입을 꼭 다문 채 할아버지에게 더 이상 질문을 하지 않았다.

다시 며칠이 흘렀다. 저녁 무렵, 무라트는 할아버지와 함께 또 발코니에 나가 있었다. 할아버지가 말했다.

"날이 어두워지고 있구나. 곧 밤이 되겠는걸. 자, 안으로 들어가자꾸나."

무라트는 예전부터 밤과 낮이 무엇인지, 왜 낮은 환하고 밤은 어두운지 궁금했다. 그래서 할아버지가 한 말을 기회로 삼아 질문을 던졌다.

"할아버지, 밤은 왜 깜깜해요? 어둠은 어디서 오는 거예요? 그리고 낮이 환한 이유는 뭐예요?"

"그래, 설명해 주마."

할아버지는 한동안 생각에 잠겨 있다가 다시 말을 이어 나갔다.

"내가 설명하는 것들 중에서 이해되지 않는 것이 있으면 언제든지 다시 물어보렴. 알았지?"

"네."

"하늘에 아주 잘생긴 청년과 아름다운 처녀가 있었단다. 청년의 눈과 머리칼은 새까맸고, 얼굴에는 검은 비단으로 된 가면을 쓰고 있었지. 거기에다 새까만 벨벳으로 만든 옷을 입고 있었고……. 발에는 반짝반짝 빛나는 검은 가죽으로 된 부츠를 신었어. 또 손에는 검은 장갑을 끼고 있었지. 그리고 이 청년의 등에는 검은 벨벳으로 된 폭 넓은 망토가 드리워져 있었단다."

무라트는 궁금증이 일어서 금세 질문을 하였다.

"그 잘생긴 청년은 왜 그렇게 새까맣게 차려입었나요?"

할아버지가 대답했다.

"그는 아름다운 처녀를 사랑했단다. 그래서 항상 그 처녀의 뒤를 따라다녔지. 눈에 보이지 않게 살며시 다가가고 싶어서, 말하자면 그 처녀가 자기를 보지 못하도록 하기 위해서 검은 색으로 차려입었던 거야.

그는 늘 숨어서 처녀의 뒤를 따라다녔단다. 벨벳과 비단으로 만든 옷과 망토, 가면 등을 몸에 두른 채……. 망토가 어찌나 넓었던지 세상의 반을 덮어 버릴 지경이었지.

그 잘생긴 청년이 망토를 끌며 아름다운 처녀의 뒤를 따라다녔기 때문에, 세상의 반쪽에 어둠이 내리기 시작한 거란다. 즉 밤이 오게 되었다는 얘기야. 잘생긴 청년의 검은 옷에는 황금으로 만든 단추가 달려 있었지. 칼라와 소매에는 황금으로 만든 술이 달려 있었고……. 또한 가슴에는 황금과 은으로 된 훈장들이 달려 있었단다. 그리고 넓은 망토에는 반짝거리는 재질의 금속 조각들이 장식되어 있었지.

허리에는 황금과 은으로 된 벨트를 매고 있었단다. 벨트의 버클은 커다란 다이아몬드로 되어 있었고, 은으로 된 부츠는 진주로 장식되어 있었지. 무라트, 밤하늘을 수놓은 별과 별무리, 은하수를 본 적 있지?

이 모든 것이 그 검게 차려입은 청년의 의상에 있는 장식물들이야. 청년이 그 아름다운 처녀의 뒤를 쫓아 뛰어갈 때면 어둠도 그를 따라 움직인단다. 그래서 지구에 밤이 오는 거야."

무라트는 신이 나서 물었다.

"할아버지, 그럼 낮은 어떻게 된 거예요?"

할아버지는 낮에 대해서도 설명해 주었다.

"그 검은 의상을 입은 청년이 잡으려 했던 처녀가 어떻게 생겼다고 했지? 몹시 아름답다고 그랬지? 세상에서 그녀보다 더 아름다운 처녀는 없었단다. 그 처녀를 본 사람들은 모두 눈이 부셔서 눈을 뜰 수 없을 지경이었지. 황금빛 머리칼은 비단결 같이 고왔어.

그녀는 새하얀 비단으로 된 옷을 입고 있었는데, 등에는 하얀 공단으로 된 망토를 걸치고 있었단다. 목에는 하얀 스카프를, 그리고 허리에는 비단 레이스로 만든 하얀 벨트를 두르고 있었어. 신발도 하얀 벨벳으로 만들어진 것이었지. 부드러운 하얀 가죽으로 된 장갑, 하얀 비단으로 된 손수건도 가지고 있었단다.

　그녀의 머리에는 하얀 꽃들로 장식된 관이 씌워져 있었는데, 그 관은 가끔 벗기도 했다는구나. 그 관을 벗었을 때는 황금빛 머리칼을 둘러싸고 있는 왕관이 보였단다. 그 왕관의 보석들이 얼마나 반짝거리는지, 눈이 부셔서 바라볼 수가 없을 정도였어.

　그리고 그 아름다운 처녀의 하얀 망토가 얼마나 폭이 넓었던지 지구의 절반을 덮었단다. 청년이 검은 망토 자락으로 덮은 세상의 반이 어두워져 밤이 되듯이, 그 아름다운 처녀의 하얀 망토 자락이 덮은 세상의 절반은 한없이 밝아져 낮이 된 것이지.

　청년은 뒤를 쫓고 처녀는 달아나고……. 그래서 밤은 쫓고 낮은 도망치는 거란다. 그 둘은 그렇게 지구를 돌아다니고 있는 거야. 그래서 지구의 한쪽은 밤이 되고 다른 한쪽은 낮이 되는 거란다."

"하지만 할아버지, 밤이 항상 깜깜하지는 않잖아요?"

"네 말이 맞다. 어떤 날 밤엔 짙은 푸른색이 되기도 하지. 네가 입고 있는 옷이 더러워지면 세탁하기 위해 다른 옷으로 갈아입듯이, 하늘에 있는 그 청년도 검은 망토와 검은 의상이 더러워지면 감색이나 푸른색으로 옷을 갈아입는단다. 그러면 하늘은 감색이나 푸른색으로 변하지.

어떤 때는 하늘의 가장자리가 분홍빛이나 붉은색으로 변하기도 하지? 왜 그렇게 되는 줄 아느냐? 청년이 그 처녀에게 가까이 가서 붙잡으려고 하면, 부끄러워서 처녀의 볼이 분홍빛이나 붉은색으로 물든단다. 그 붉은색이 구름을 통해 번져 나가는 거지.

청년의 손이 처녀의 손을 매만질 때는 주위가 온통 새빨갛게 되고 말아. 낮에 갑자기 어두워지는 경우도 있지? 그건 그 아름다운 처녀가 가슴이 아파서 얼굴에 그늘이 드리워졌을 때야. 그러면 주위가 온통 컴컴해지지. 이제 밤과 낮이 무엇인지 알겠느냐?"

"예, 알았어요."

"내가 설명한 것은 밤과 낮의 이야기란다."

무라트는 밤과 낮의 이야기가 자못 마음에 들었다. 그날 이후 기회가 생길 때마다 할아버지에게 그 이야기를 다시 들려

달라고 졸랐다. 무라트는 그 이야기를 너무나 많이 들어서 다 외워 버릴 정도였다. 어떤 때는 무라트가 할아버지에게 그 이야기를 들려주기도 했다.

그사이 일 년이라는 세월이 흘렀다. 무라트가 자라서 학교에 입학을 했다. 1학년에서 2학년으로, 2학년에서 3학년으로 올라갔다. 무라트는 공부를 아주 열심히 했다.

어느 날 수업 시간에 선생님이 밤과 낮의 생성 과정을 설명하면서 밝음과 어둠에 관한 이야기를 하였다.

"지구는 태양의 반대편에서 쉬지 않고 돕니다. 지구가 이렇게 돌 때, 태양을 향한 부분은 밝아지기 때문에 낮이 되는 거랍니다. 이때 태양을 보지 못하는 지구의 반대쪽은 어두워져서 밤이 됩니다.

이렇게 해서 지구의 모든 지역은 순서대로 밝음과 어둠 속에 있게 되지요. 밤과 낮이 이처럼 반복되는 것은 지구가 돌고 있기 때문입니다. 지구는 태양의 주위를 쉼 없이 돌고 있습니다.

이 때문에 극지방에서는 낮과 밤이 여섯 달씩 지속되기도 합니다. 그리고 적도 지방에서는 밤낮의 길이가 항상 똑같아서 밤이 낮보다 길어지거나 짧아지지 않습니다."

선생님은 이 이야기를 말로 설명하는 것에 그치지 않고, 칠판에다 지구와 태양을 그린 후 밤과 낮이 어떻게 만들어지는지를 자세히 보여 주었다.

　　무라트는 선생님의 말을 들으면서 깜짝 놀랐다. 선생님이 설명한 밤과 낮의 이야기가 할아버지에게서 들은 것과 너무나 달라서였다. 순간, 무라트는 환상이 깨져 버리는 듯했다. 왜냐하면 할아버지가 해 준 밤과 낮의 이야기가 선생님이 해 준 이야기보다 훨씬 더 멋졌기 때문이다.

　　그때 선생님이 무라트의 놀라는 듯한 표정을 발견하였다. 선생님이 아이들에게 물었다.

　　"여러분, 알아들었어요?"

　　아이들이 대답했다.

　　"예, 선생님!"

　　하지만 무라트는 대답하지 않았다. 선생님이 다시 물었다.

　　"무라트, 넌 이해하지 못했니?"

　　무라트가 대답했다.

　　"이해했어요. 하지만 할아버지는 저에게 밤과 낮을 다르게 설명해 주셨어요."

　　선생님이 물었다.

　　"할아버지는 어떻게 설명해 주셨니? 앞으로 나와서 할아버지가 들려주셨던 이야기를 우리에게도 해 줄 수 있겠니?"

무라트는 앞으로 나갔다. 그리고는 수년 동안 할아버지에게서 들은, 그리고 자신도 자주 이야기했던 밤과 낮의 이야기를 친구들에게 해 주었다. 이야기를 얼마나 멋지게 해 주었는지, 아이들은 숨소리도 내지 않은 채 무라트의 말에 귀를 기울였다.

무라트의 이야기가 끝나자, 선생님이 물었다.

"무라트, 넌 이 두 가지 이야기 중에서 어떤 것을 믿니?"

무라트는 대답하기가 힘들었다. 선생님은 항상 아이들에게 "여러분 생각에 옳다고 여겨지는 것을 믿어라."고 했기 때문이었다. 한참을 망설이다가 힘겹게 입을 열었다.

"옳은 것이요."

선생님이 다시 물었다.

"네 생각에는 어떤 것이 옳은 듯하니?"

무라트는 다시 한참 동안 생각을 한 후에 대답을 하였다.

"선생님이 말씀하신 것이 옳아요. 하지만……."

무라트가 말을 멈추자, 선생님은 그의 말을 되받았다.

"하지만?"

"할아버지께서 해 준 이야기가 더 멋져요. 할아버지가 해 준 밤과 낮의 이야기가 옳았으면 더 좋겠어요."

그러자 선생님은 할아버지가 해 준 밤과 낮의 이야기와 선생님이 해 준 밤과 낮의 이야기는 큰 차이가 없다고 하였다. 두 이야기는 설명하는 방식이 다를 뿐이라는 것이었다.

무라트의 할아버지는 동화처럼 멋지게 꾸며서 이야기에 살을 붙인 것이라고 하였다. 밤을 검은 옷을 입은 청년으로, 낮을 하얀 옷을 입은 아름다운 처녀로 비유한 것이니까. 그에 반해, 선생님은 자연에서 일어나는 현상을 있는 그대로 설명했을 뿐이라는 것이다.

무라트는 학교에서 돌아오자마자, 곧바로 할아버지의 방으로 달려갔다. 그리고 할아버지에게 그날 수업 시간에 있었던 일을 들려주었다. 두 이야기가 근본적으로 차이가 없다고 하던 선생님의 말도 함께 전했다. 할아버지가 말했다.

"그렇단다. 선생님과 난 서로 다른 형태로 설명을 한 거란다. 하지만 둘 다 같은 현상을 설명한 거지."

할아버지는 잠시 간격을 둔 후 이렇게 말했다.

"기억하고 있느냐? 어느 날 네가 내게 '시가 뭐예요?'라고 물었던 거? 그때 너는 너무 어렸단다. 난 그 때 너에게 '시는 옳은 것을 멋진 감정으로 설명하는 거란다.'라고 말했지."

벌써 삼 년이 지났지만 무라트는 할아버지가 했던 그 말을 기억하고 있었다. 그때는 이해하지 못했던 그 말을, 이제는 이해할 수 있었다. 시는 옳은 것을 멋진 감정으로 설명하는 것이라는 사실을……

할아버지는 선생님이 말한 것을 멋진 감정으로 동화처럼 다시 설명해 주었다. 할아버지는 시인이었다.

그날 이후로 무라트도 시를 쓰기 시작했다.

자신을 죽인 파디샤

    이 이야기의 첫머리는 사람들마다 다르게 시작하였다. "어느 나라에 파디샤('통치자'라는 뜻)가 살았다."라고도 하고, "옛날 어느 나라에 한 임금이 있었다."라고도 하며, "옛날 어느 나라에 우두머리가 하나 있었다."라고도 했다.

    또 어떤 사람은 파디샤니 임금이니 우두머리니 하는 말을 아예 쓰지 않기도 하였다. 예를 들면, "옛날에 어느 단체가 나라를 통치하고 있었다."라는 식의 애매모호한 말로 시작을 하기도 했다.

    이름이 파디샤든 임금이든 우두머리든 단체든, 혹은 또 다른 그 무엇이든 나라를 통치하는 사람이 분명히 있기는 했다. 어느 쪽이 정확한지 따져 봐야 괜한 시간 낭비일 뿐이므로, 우리는 그냥 맨 처음에 나왔던 '파디샤'란 말로 이 이야기를 시작해 보는 것이 어떨까 싶다.

옛날 어느 나라에 아주 교활한 파디샤가 살고 있었다. 그는
꾀가 아주 많은 편이었는데, 결코 궁전 안에만 틀어박혀 있지
않았다. 좋은 옷과 좋은 음식에 싸인 채 허송세월을 하지도 않
았다. 대신 그 나라의 백성들과 어울리며 끊임없이 관계를 맺
어 나갔다.

그는 틈만 나면 변장을 한 채 백성들 사이로 섞여 들어가 이
야기를 나누었다. 그리하여 백성들이 자신을 어떻게 생각하고
말하는지 샅샅이 알아내었다.

언제인가부터 그 나라는 경제 사정이 몹시 어려워지고 있었
다. 파디샤가 변장을 한 채 백성들 사이로 들어갈 때마다, 그
들은 너나없이 파디샤를 비꼬며 저주했다. 그 바람에 파디샤
는 시장이나 찻집을 돌아다니다가 자신을 비난하는 소리를 자
주 듣게 되었다.

"파디샤 같은 놈은 죽여 버려야 해."

"그따위 파디샤는 없어도 돼."

아까도 말했지만 파디샤는 아주 교활했다. 백성들이 불만을
토로하는 자리에 짐짓 끼어들어서는, 남들보다 더 나서서 파
디샤에게 저주를 퍼부었다.

"하루 빨리 죽어 버리면 우리도 해방될 텐데……."

어느 날 파디샤는 또 변장을 하고서 도시에 있는 어느 찻집으로 들어갔다. 그곳에서도 역시 사람들은 파디샤에게 저주를 퍼붓고 있었다. 그가 사람들에게 물었다.

"아니, 파디샤에게 왜 그렇게 화를 냅니까?"

그곳에 있던 사람들 중 한 명이 소리쳤다.

"당신은 화가 안 난단 말이오? 사람들이 직장이 없어 굶어 죽어 가고 있소. 이 나라에서 일거리를 찾지 못해 다른 나라로 일을 하러 가고 있단 말이오. 다른 나라의 하인이 되는 거지. 다른 나라에 일거리가 많다면 모두들 이곳을 버리고 떠날 것이오. 그렇게 되면 이 나라에는 노인과 환자, 어린이들만 남게 되겠지."

그곳에 있던 또 다른 사람이 말했다.

"모든 게 너무 비싸. 갈수록 살기가 어려워지고 있어. 물가는 날마다 올라가고 있고."

뒤를 이어 쉴 새 없이 불평이 이어졌다.

"너도나도 뇌물을 주고받지. 뇌물 없이는 아무 일도 성사되지 않아."

"빽이 없는 사람은 아무 일도 할 수가 없어."

"화폐의 가치는 하루가 다르게 떨어지고 있지."

"모두들 빚더미에 올라앉아 있어."

"물은 어떻고! 일 주일, 아니 열흘씩 수도꼭지에서 물 한 방울 안 나오는 날도 많아졌어. 모두들 미칠 지경이라고."

"전기도 자주 끊어지고……. 몇 시간이고 전기가 들어오지 않아서 작업대에 기계를 세워 둘 때가 많아. 이런 상황인데도 파디샤는 부끄러운 줄 모르고 우리에게서 세금을 거두어들이고 있잖아."

"말하면 끝이 없지. 가스도 안 들어오고……. 프로판 가스조차 구하기 힘들어. 설사 구한다 해도 불이 붙여지지 않고, 어쩌다 불이 붙는 것은 금세 터져 버리기 일쑤고……."

"집세는 또 어떻고."

그들은 통치권의 악행을 끝없이 나열했다. 변장을 하고 있던 파디샤는 사람들이 자신의 정체를 눈치채지 못하도록 일부러 자기 자신을 더 신랄하게 저주하기 시작했다.

"그런 파디샤는 없는 게 더 낫지!"

파디샤가 스스로 이렇게 저주를 퍼붓자, 백성들은 아무도 그를 의심하지 않았다.

며칠 뒤, 파디샤는 또다시 변장을 한 채 백성들 사이로 들어갔다. 백성들은 이러한 대화를 나누고 있었다.

"이런 식으로 가다간 큰일이 나고 말 거야."

"이렇게 간다면 끝이 아주 나쁠 것 같아."

"방책을 찾아야 해."

"그렇다면 해결책을 찾자고."

얼마 후, 파디샤는 또 변장을 하고서 궁전에서 몰래 나와 백성들 사이로 들어갔다. 그는 어느 여관으로 갔다. 그 여관에서는 청년들이 모여서 해결 방안을 찾기 위해 토론을 벌이고 있었다.

파디샤는 진작에 그 여관 주인을 돈으로 매수해 놓았다. 여관 주인은 자신에게 돈을 준 사람이 파디샤라는 사실을 까맣게 모른 채, 그곳에 모여 있는 청년들에게 그를 소개해 주었다.

그렇게 해서 파디샤는 청년들의 모임에 동참하였다. 청년들은 파디샤에게 또다시 욕설을 퍼부었다. 파디샤는 그들보다 더 심하게 자신을 비판하였다. 청년들이 파디샤의 악행에 대해 한 마디를 하면 파디샤는 열 마디를 했다. 그리하여 그는 곧 청년들의 신임을 얻었다.

파디샤가 그들에게 말했다.

"동지들, 여러분의 말이 하나부터 열까지 다 맞소이다. 하지만 말로만 해서 무엇에 쓰겠소? 말은 해도 해도 끝이 없는 것이오. 작전을 세웁시다."

그러자 청년들이 물었다.

"어떻게 하는 것이 좋을까요?"

"그 몹쓸 파디샤를 타도하기 위해 비밀 결사대를 조직하는 것이 좋겠습니다!"

그곳에 모여 있는 청년들—즉 노동자, 학생, 교사 들은 이 제안이 괜찮다고 생각했다. 그리하여 파디샤를 타도하기 위한 비밀 결사대를 조직하였다.

그들 중 파디샤를 가장 심하게 비판한 사람, 즉 변장한 파디샤가 그 비밀 결사대의 대장으로 뽑혔다. 결국 파디샤는 자기 자신을 무너뜨려야 하는 입장에 놓인 셈이었다.

그가 청년들에게 말했다.

"결사대를 움직이기 위해서는 돈이 필요합니다. 일단 은행을 턴 다음, 부자들의 돈을 강제로 뺏읍시다."

청년들은 결사 대장의 명령을 수행하기 시작했다. 은행을 털고, 부자들을 납치해 돈을 강제로 빼앗았다. 파디샤는 결사대 내부에 인간의 탈을 쓴 개와 스파이를 잠입시켰다.

그 때문에 결사대의 어떤 대원이 언제 어느 은행을 털 것인지, 또 언제 어떤 부자를 납치할 것인지를 그 누구보다 먼저 알게 되었다. 이렇게 정보가 미리 새어 버렸으므로 청년들은 범행 현장에서 곧바로 체포돼 버리곤 했다.

백성들은 사회 질서를 파괴하는 이 강도들에게 화를 내기 시작했다. 파디샤를 향한 분노가 이제는 노동자와 학생, 교사들로 구성된 결사 대원들에게로 향하게 되었던 것이다.

파디샤는 백성들의 미움에서 완전히 벗어나기 위해, 즉 그들의 적의를 다른 사람들에게로 돌려놓기 위해 끊임없이 궁리를 하였다.

그러던 어느 날 밤, 그는 결사 대원들을 불러모은 뒤 이렇게 말했다.

"이렇게 해 갖고는 저 매국노 파디샤를 폐위시킬 수 없을 것 같소."

나라와 백성들을 위해서라면 무슨 일이든 하겠다고 다짐을 한 결사 대원들이 파디샤에게 물었다.

"이제 무엇을 해야 합니까?"

"도시를 파괴해야 합니다. 건물들을 부수고 불을 지르는 것이지요. 그리고 이 일을 방해하는 사람들을 잡아서 모조리 죽여야 합니다!"

젊은 대원 몇몇이 이 의견에 반대 의사를 표명했지만, 결사대에 잠입해 있던 파디샤의 스파이들이 흐지부지되게 만들어 버렸다.

결사 대원들은 이제 건물들을 파괴하고 사람들을 죽이기까지 하였다. 백성들은 이제 파디샤에 대한 분노를 잊고 나라를 혼란에 빠뜨리고 있는 결사 대원들에게 화를 내고 원망을 퍼부었다. 그렇다고 해서 파디샤에 대한 분노가 완전히 사라진 것은 아니었다.

한편, 궁전으로 돌아간 파디샤는 자신의 부하들에게 진짜 파디샤로서 명령을 내렸다.

"이 나라를 혼란에 빠뜨린 자들은 모두 잡아들여 없애라!"

하지만 비밀 결사대의 대장이 되었을 때는 청년들에게 더욱 더 많은 혼란을 불러일으키라고 선동하였다.

어느 날 파디샤는 결사 대원들과의 회의에 참석하여 이렇게 말했다.

"동지들, 이젠 파디샤를 죽이는 수밖에 다른 방도가 없을 것 같소!"

그러자 결사 대원들 중 한 명이 말했다.

"파디샤에게는 경호하는 군인들이 있습니다. 궁전에 무사히 잠입하려면 대책을 세워야 합니다."

"그 일은 내게 맡겨 주시오. 파디샤를 죽일 사람들이 몰래 궁전 안으로 들어갈 수 있도록 조치를 취해 보겠소."

결사 대원들이 파디샤를 죽일 준비를 하고 있을 때, 파디샤는 그 나라에서 제일 유명한 조각가를 불러 양초로 자신의 인형을 만들라고 지시하였다.

양초로 만든 인형은 파디샤와 아주 흡사했다. 양초로 된 인형에게 진주로 장식된 파디샤의 옷을 입히고, 머리에는 파디샤의 관을 씌웠다. 그런 다음 양초로 만든 파디샤를 진짜 파디샤처럼 보이도록 구석구석 꼼꼼하게 치장을 하였다. 파디샤는 양초로 된 인형을 왕좌에 앉힌 다음, 그 속에다 닭의 피를 가득 채워 넣었다.

그러고 나서 파디샤는 자신을 죽이기 위해 궁전으로 들어올 비밀 결사 대원들이 지나갈 길에 서 있던 경비병들을 철수시켰다. 이제 궁전의 정원과 길목은 모두 비게 되었다.

그는 다시 파디샤를 죽일 비밀 결사 대원의 행동 대장이 되었다. 그리고는 이렇게 말했다.

"자, 동지들! 매국노 파디샤를 죽입시다!"

그들은 궁전의 정원으로 몰래 숨어들었다. 아무도 그들 앞에 나타나지 않았다. 이윽고 파디샤가 머무는 방문을 열자, 왕좌에 앉아 있는 파디샤의 모습이 보였다.

그때 행동 대장 역할을 하고 있던 파디샤가, 왕좌에 앉아 있는 양초 파디샤에게 소리를 버럭 질렀다.

"매국노! 이 나쁜 놈!"

그리고는 양초로 만든 파디샤에게로 다가가 칼을 빼들었다. 목을 향해 칼을 휘두르자, 순식간에 머리가 목에서 잘려 나갔다. 곧이어 양초로 만든 파디샤의 몸 안에 들어 있던 닭의 피가 바닥으로 흘러내리며 양탄자 위로 번져 나갔다.

결사 대원들은 그 광경을 보고 환호성을 내질렀다.

"우리는 해방되었다! 해방되었다!"

결사 대원들은 비어 있는 왕좌에 비밀 결사대의 대장을 앉힌 후 파디샤로 추대하였다. 이렇게 해서 파디샤는 자기 자신을 죽이고, 그 빈 왕좌에 앉게 되었다. 도시로 흩어진 결사 대원들은 기쁨의 함성을 내지르기 시작했다.

"우리는 그 나쁜 파디샤로부터 해방되었다! 이제는 우리 나라에 새로운 질서가 잡힐 것이다!"

백성들의 적이었던 파디샤는 다시 그들의 사랑을 받게 되었다.

이 이야기는 거의 모든 나라의 역사에서 한 번쯤 언급되고 있다. 역사책은 이 이야기에서 얻은 교훈을 이렇게 적고 있다.

여러분, 여러분은 여러분 자신이 되도록 하라. 옛것을 대신하려 하는 새로운 것의 정체를 정확히 알지도 못하면서

억지로 바꾸려 들지 말라!

새로운 것이라고 생각하는 것의 정체가 실제로는 겉모습
만 살짝 바꾼 옛것일 수도 있다. 그것에 속으면 모든 것이
옛날보다 더 나쁘게 될지도 모른다.

미친 사람들, 탈출하다

아리손토폴리스의 공영 라디오는 저녁 방송 시간에 아래와 같은 뉴스를 내보냈다.

"존경하는 청취자 여러분! 방금 들어온 소식에 의하면, 이 도시의 가장 큰 정신 병원에서 오십 명가량의 환자들이 탈출하였다고 합니다. 경찰과 군대가 합동으로 수색을 벌였지만 아직까지 한 명도 잡지를 못했다고 하는군요.

도망친 미친 사람들은 매우 난폭한 자들이라고 합니다. 현재 정신 병원에 남아 있는 사람들과 감시단들 사이에 격심한 충돌이 일어나고 있습니다. 도망친 미친 사람들에 대해 새로운 소식이 들어오는 대로 청취자 여러분께 전해 드리도록 하겠습니다. 땡! 자, 리츠의 라장조 피아노 협주곡 2번을 들려 드리겠습니다."

라디오를 듣고 있던 사람들은 처음에 이것이 무슨 가루비누 광고인 모양이라고 생각했다. 어쩌면 라디오는 두 번째 뉴스 시간에 미친 사람들의 소식을 전해 준 뒤 가루비누 광고를 하려고 했을지도 모른다. 하지만 음악이 채 끝나기도 전에 다시 아나운서의 목소리가 다급하게 들려왔다.

"존경하는 청취자 여러분! 음악 프로그램을 잠시 중단하고 정신 병원에서 탈출한 환자들에 대해 방금 들어온 소식을 전해 드리도록 하겠습니다. 삼백 명가량의 미친 사람들이 병원에서 또다시 탈출하는 데 성공했습니다.

탈출한 미친 사람들이 병원 안에 있던 친구들을 도와주는 동안, 경찰력과 격심한 충돌이 있었습니다. 병원 안에 있던 환자들은 바깥으로 탈출한 친구들의 도움을 받아, 세 군데로 나눠져 있는 출입구로 빠져나가고 있습니다.

탈출한 미친 사람들은 병원장과 의사들을 인질로 잡고 있습니다. 소방관들은 미친 사람들에게 호스로 물을 뿌리고 있습니다. 미친 사람들은 자신들을 잡으려고 하는 사람들의 얼굴에 침을 뱉고 오줌을 갈기며 공격을 가하고 있습니다. 아, 방금 들어온 소식에 의하면, 정신 병원은 이제 미친 사람들에게 완전히 포위돼 버렸다고 합니다."

미친 사람들에 관한 라디오 뉴스는 이러한 내용을 한동안 계속해서 내보냈다. 아나운서는 뉴스를 마치면서 관련 소식이 들어오는 대로 신속하게 전해 주겠다고 하였다.

아리손토폴리스의 시민들은 짜증이 났다. 만약 이것이 광고라면 정말로 끔찍한 일이 아닐 수 없었다. 라디오 같은 공공 기관이 상업 광고로 시민들을 흥분하게 만들다니, 이 얼마나 웃기는 일인가!

그런데 만약 정말로 미친 사람들이 병원에서 탈출을 했다면? 오, 신이시여, 보호하소서! 이것은 온 나라가 적군의 군홧발에 짓이겨지는 것보다 더 끔찍한 일이 아닐 수 없었다.

라디오를 듣지 않은 사람들은 뉴스를 들은 사람에게서 그 내용을 전해 들었다. 밤늦은 시간에 사람들은 삼삼오오 모여서 이 사건에 관한 이야기를 나누었다.

시외 전화도 폭주하기 시작했다. 사람들은 경찰서로, 정부 기관으로 몰려가 뉴스의 진위 여부를 따져 물었다. 하급 공무원들은 사람들의 질문에 대답을 해 줄 수가 없었다. 그들도 실상을 정확하게 알고 있지 못했기 때문이다.

그들은 은밀하고도 조심스럽게 직속 상사에게 진위 여부를 물어보았다. 그러면 그 직속 상사는 자기보다 더 높은 지위에 있는 사람을 찾아가 이 사건의 진위를 확인하였다.

자정이 되기 직전, 뉴스의 진위가 밝혀졌다. 아리손토폴리스 신경 정신 병원에서 미친 사람 몇 명이 탈출을 했으며, 남은 환자들도 경찰력과 충돌을 일으키며 탈출을 시도하고 있다고 하였다. 경찰들은 반란을 일으킨 미친 사람들을 잡아들여 본 때를 보여 주겠노라고 호언장담하면서 아리손토폴리스 시민들을 안정시키려고 애를 썼다.

공영 라디오의 마지막 뉴스에서 아리손토폴리스 의회는 시민들에게 아래와 같은 성명서를 발표했다.

"미친 사람들의 절반 이상이 병원에서 탈출했습니다. 일단 병원 밖으로 나가면 미친 사람과 정상인을 분간하기가 힘들어집니다. 그 때문에 여러 가지 실수가 발생하고 있습니다.

경찰청장을 미친 사람으로 오인하여 병원에 가두는 일이 발생했습니다. 시장과 병원의 원무과장도 실수로 병원에 가두고 말았습니다. 그들에게 환자복을 입힌 뒤 찬물을 끼얹으려고 하다가 잘못 잡아들였다는 사실을 깨달았습니다. 현재로선 또 어떤 사람들이 실수로 병원에 갇히게 될지 알 수가 없습니다.

군인들까지 나서서 미친 사람들과 맞서 싸우고 있습니다. 미친 사람들과 정상인들이 뒤섞여 있기 때문에 이 반란을 진압하는 데 많은 어려움을 겪고 있습니다. 이웃 도시에 지원군을 요청한 상태입니다. 내일 아침까지 미친 사람들의 반란이 진압될 것이라고 봅니다."

그날 밤 시민들 중 절반 이상은 잠을 자지 못했다. 다음 날 아침, 시민들이 맨 먼저 한 일은 신문을 사는 것이었다. 신문에 나온 기사들은 한결같이 끔찍했다. 군인과 경찰들이 정상인들을 미친 사람으로 오인하여 마구마구 잡아들이고 있다는 소식이 실려 있었다.

정신 병원에는 이제 본래의 정신병 환자가 한 명도 남아 있지 않았다. 병원에서 탈출한 미친 사람들은 자신들과 충돌했던 정상인들을 정신 병원으로 몰아넣은 뒤, 병실 앞에 사람을 세워 두고 감시를 하였다.

병원의 수비는 자신들이 가둔 정상인들에게 일임하였다. 그들 중에서 정신 병원을 책임질 원장과 감시단도 선발하였다. 어찌 된 일인지 병원 안에 갇혀 있는 정상인들은 바깥으로 나갈 방법을 찾지 못했고, 그들을 구출하려고 온 사람들 또한 안으로 들어갈 방법을 찾지 못했다.

어느 날, 신문에 새로 뽑힌 병원장의 인터뷰가 실렸다. 신문 기자는 정신 병원의 신임 원장에게 이렇게 물었다.

"당신은 이틀 전에 미친 사람들을 도망치지 못하게 했던 사람이 아니었습니까?"

"예, 그렇습니다."

"병원 안에 갇혀 있는 사람들이 정상인이라는 사실을 모르십니까?"

"압니다."

"당신을 누가 신임 병원장으로 임명했습니까?"

"미친 사람들입니다."

"당신은 정상인이면서 왜 안에 갇혀 있는 사람들을 풀어 주지 않는 것입니까?"

신임 병원장은 이 질문에 짤막하게 대답했다.

"그것이 옳든 그르든 나에게 주어진 임무이기 때문이오."

신문 기자는 예전에 부원장의 자리에 있던 사람에게 질문을 던졌다. 그러자 그는 힘없는 목소리로 대답했다.

"난 의견을 표명할 권한이 없소."

감시단의 대표 역시 비굴한 표정을 지었다.

"답변은 하겠지만 신문에는 절대 싣지 마시오. 난 해고되기 싫으니까."

그는 다시 말을 이어 나갔다.

"나를 이 병원의 감시단 대표로 임명한 사람들이 미친 사람들이라는 사실을 누구보다 잘 알고 있습니다. 그렇지만 갇혀 있는 사람들을 풀어 줄 수는 없어요. 그러고 나면 미친 사람들이 날 저 안에 가두어 버릴 테니까요. 난 그것이 두렵소."

신문 기자가 쓴 글로 미루어 보면, 미친 사람들은 이제 아리손토폴리스 전역에 흩어져 있었다. 이미 시청까지도 점거를 한 상태였다.

라디오는 정오 뉴스에서 더 끔찍한 소식을 전해 주었다. 미친 사람들은 시청에 이어 전화국과 수도 공사, 전기 공사, 교통부 등등 도시의 주요 기관들을 모두 점거해 나가기 시작했다는 것이었다.

팔백팔십 명의 미친 사람들을 잡아들이기 위해 오천 명의 정상인들이 싸움을 하고 있었다. 게다가 지원군까지 오고 있는 중이었다.

미친 사람들이 한 것 중 가장 영리한 일은 점거한 곳의 통치권을 자신들이 쥐지 않았다는 것이다. 어디를 점거하든지 간에, 정상인들에게 그곳의 통치권을 맡겼다. 그리하여 자신들은 조금도 힘을 낭비하지 않은 채 계속해서 전진해 나갔다.

그날 밤 석간 신문에는 미친 사람들이 경찰청장과 검찰청장을 바꾸지 않은 채 그 자리에 그대로 두었다는 기사가 났다. 또 다른 신문에서는 도시를 완전히 점령해 버린 미친 사람들 중의 한 명과 인터뷰한 내용을 실었다.

미친 사람은 이렇게 말했다.

"언젠가는 정상인들이 이곳을 탈환해 다시 일을 시작하게 될 것이다. 그들의 직위를 그대로 두는 이유는, 이틀 전에 우리에게 맞선 죗값을 오늘 우리와 함께하는 것으로 치르게 하기 위함이다."

미친 사람들이 반란을 일으킨 지 사흘이 지나자, 라디오는 그제서야 그들이 나라 전체를 모두 다 점령하기 직전이라고 비통한 어조로 발표했다. 펠드 마레샬 폰데르 히치는 미친 사람들에게 패배한 이유를 이렇게 설명했다.

"우리는 영리한 사람들입니다. 그래서 언제나 영리한 사람들이 연구한 전투 방법과 영리한 사람들이 세운 규칙에 따라 전쟁을 해 왔습니다. 하지만 규칙이고 뭐고 없는 미친 사람들에게는 이것이 적용되지 않습니다. 그들은 언제 어디에서 무엇을 어떻게 할지 추측할 수가 없습니다. 미친 사람들은 우리가 전혀 예상치 못한 일들을 합니다.

예를 들면, 우리의 용감한 지휘관들을 웃겨서 전쟁 때 가져야 할 심각한 분위기를 망쳐 버립니다. 그리고는 모든 대대를 인질로 삼아 버리지요. 우리는 전쟁이라는 게 장난이 아니라는 사실을 이 미친 사람들에게 도저히 이해시킬 수가 없습니다. 그들은 전쟁을 미친 짓으로 여기고 있습니다. 그들을 이기기 위해서는 그들이 사용하는 방법을 배워야만 합니다.

그래서 이번에 '미친 짓' 강좌를 개설했습니다. 아리손토폴리스 시민들은 곧 미친 사람들을 모조리 잡아들여서 다시 정신 병원에 가두는 것을 보게 될 겁니다. 신은 영리한 사람들과 함께 있습니다."

하지만 결과는 그가 말한 대로 되지 않았다. 영리한 사람들을 위한 미친 짓 강좌는 너무나도 성공적이었다. 강좌가 끝날 즈음이면 똑똑했던 사람들마저 모두 미쳐서 미친 사람들의 대열에 합류해 버렸다.

신문들도 이제는 대놓고 미친 사람들의 편을 들었다. 미친 사람들은 갈수록 더 날뛰었다. 그들은 급기야 아리손토폴리스 의회의 의원들을 잡아서 자신들이 열흘 전에 탈출했던 정신 병원에 가두어 버렸다.

아리손토폴리스의 라디오 방송국이 미친 사람들에 마지막으로 내보낸 뉴스는 아래와 같았다.

"미친 사람들은 지금 라디오 방송국에 들어와 있습니다. 일층을 완전히 점령했습니다. 계단을 올라오고 있습니다. 올라왔습니다. 문을 열었습니다. 미친 사람들이 제가 있는 방으로 들어왔습니다. 이제 라디오 방송국도 미친 사람들의 손에 넘어가고 있습니다. 안녕히 계십시오. 존경하는 영리한 청취자 여러분! 미친 사람 만세! 미친 사람 만세!"

정신 병원에서 탈출한 미친 사람들은 아리손토폴리스를 완전히 점령하고, 옛 정치가들을 모두 정신 병원에 가두었다. 이제 영리한 정치가는 한 명도 찾아볼 수가 없었다. 대부분은 스스로 미친 사람들의 편으로 바뀌었고, 그렇지 않은 사람들은 정치권에서 그리 중요한 비중을 차지하지 않고 있었다.

영리하고 정상적인 것을 지지하는 사람들은 단 한 명도 남아 있지 않았다. 몇몇 있다고 하더라도 그들은 거리를 마음대로 활보하지 못한 채 집 안에만 있었다. 영리한 사람이라는 사실이 알려져 정신 병원에 갇히게 될까 봐 벌벌 떨고 있는 것이었다. 그래서 일부러 미친 척을 하는 사람들도 생겨났다.

많은 사람들이 광장에 모여, "미친 짓 만세! 미친 사람 만세!" 하고 소리쳤다. 길거리에서는 미친 짓 공연들이 시작되었다. 이 놀이에 동조하는 일련의 영리한 사람들은, 자신들이 똑똑하다는 사실을 알아채지 못하게 하느라 길거리에서 공중제비를 넘고 물구나무를 섰다.

또한 정신 병원에 들어가지 않기 위해 의회에다 서로를 '영리한 사람'이라고 비방하며 신고를 했다. 신문에서는 미친 짓을 찬양하고, 영리한 것을 비방하는 사설과 칼럼이 앞다투어 실렸다.

며칠 후, 아리손토폴리스를 점령한 팔백팔십 명의 미친 사람들이 회의를 소집했다. 그들 중 한 명이 "헌법!"이라고 소리쳤다. 그러자 뒤에서 다른 목소리들이 들려왔다.

"맞아, 헌법이 필요해!"

"아리손토폴리스 시민들을 통치하기 위해서는 무엇보다 헌법이 필요해."

미친 사람들은 헌법을 만들기로 했다. 미친 사람들은 저마다 자신들의 생각을 늘어놓았다. 그들 중 한 명이 말했다.

"여러분, 제안할 것이 있습니다!"

다른 미친 사람이 물었다.

"뭡니까?"

"우리가 왜 정신 병원에서 도망쳤지요?"

"영리한 사람들이 하는 일을 좋아하지 않아서죠. 그래서 탈출하지 않았습니까?"

"그렇습니다. 그것 때문입니다. 그렇다면 우리가 꼭 해야 할 과제가 있습니다. 영리한 사람들이 한 일을 좋아하지 않았으니, 이제부터 우리가 해야 할 과제는 영리한 사람들이 해 놓은 일들을 붕괴하는 것입니다."

미친 사람들은 다 같이 소리를 질렀다.

"붕괴합시다!"

조금 전의 그 사람이 다시 말했다.

"여러분! 우린 미친 짓에 어울리는 일을 해야만 합니다. 영리한 사람들이 뭘 했든지 간에, 우리는 그들이 했던 것과 반대되는 일을 하면 되는 것입니다. 어떻게 생각하십니까?"

여기저기서 동의하는 목소리가 들려왔다.

"맞소!"

"우리에게 어울리는 게 바로 그런 거야."

"영리한 사람들이 했던 일을 붕괴합시다."

"정반대의 일을 합시다."

이 일을 제안했던 미친 사람이 다시 말했다.

"그렇다면 먼저 헌법부터 고칩시다. 여러분! 우리 헌법의 제1조는 이렇게 하는 것이 어떻습니까? '미친 사람들은 영리한 사람들이 해 놓은 것들을 모두 붕괴한다. 영리한 사람들이 무엇을 했든지 간에 그 정반대의 것을 하도록 한다.' 어떻습니까?"

"좋소."

"아주 맘에 드오."

"그렇다면 여러분, 이제 제2조로 넘어갑시다. 제2조도 제1조와 똑같은 것으로 하는 게 어떻겠습니까?"

"좋소, 제1조와 똑같이 합시다."

"그렇다면 제3조로 넘어갑시다."

어떤 미친 사람이 이렇게 소리쳤다.

"우리는 우리의 과제와 의무를 제1조에서 모두 언급했습니다. 모든 조항을 같은 걸로 합시다."

모두들 이 의견에 동의하였다. 그리하여 백 개의 조항으로 이루어진 미친 사람들의 헌법이 마련되었다. 하지만 모든 조항의 내용은 똑같았다. "미친 사람들은 영리한 사람들이 해 놓은 것들을 모두 붕괴한다. 영리한 사람들이 무엇을 했든지 간에 그 정반대의 일을 하도록 한다."

미친 사람들은 아리손토폴리스 시민들에게 헌법을 공포하였다. 이제는 시장을 선출해야 했다. 하지만 미친 사람들은 시장을 어떻게 선출해야 하는지 몰랐다.

그들은 이 문제를 해결하기 위해 정신 병원에 가두어 놓은 영리한 사람들을 찾아갔다.

"여러분 중 한 명을 아리손토폴리스의 시장으로 추대하겠습니다. 누가 시장이 되고 싶소?"

정신 병원을 꽉 채운 영리한 사람들은 모두 다 손을 높이 쳐들었다. 어떤 사람은 바닥에 드러누운 채 손과 발을 동시에 공중으로 쳐들기도 했다. 미친 사람들 중 한 명이 친구들에게 물었다.

"여러분, 영리한 사람들 중 한 명을 시장으로 추대하고 싶은데 모두들 서로 하고 싶어서 난리라오. 그러니 어쩔 수 없이 우리 중 한 명이 시장이 되어야 할 것 같소. 혹시 시장이 되고 싶은 사람 있으면 손을 들어 보시오."

미친 사람들 중에서는 그 누구도 손을 들지 않았다. 그러자 미친 사람 진행자는, 여태까지도 바닥에 드러누운 채 양 발과 팔을 들고 있는 영리한 사람에게 이렇게 물었다.

"당신은 왜 시장이 되고 싶은 거요?"

"그 일의 적임자이기 때문이지요. 나보다 시장직을 더 잘 수행해 낼 사람은 없다고 생각하오!"

순간, 영리한 사람들의 무리에서 고함 소리가 들려왔다.

"아니야, 그놈은 저질이야."

"이 세상에서 시장직의 적임자는 나뿐이야."

"거짓말! 둘 다 거짓말을 하고 있어!"

"무식한 놈들."

"날 시장으로 뽑아 주시오."

여기저기서 고함 소리가 터져 나왔다. 진행자는 미친 사람들을 향해 돌아선 뒤 이렇게 물었다.

"여보게, 친구! 자네는 시장이 되고 싶지 않나?"

"되고 싶지 않네."

"왜 그런가?"

"그 일을 나보다 더 효율적으로 해낼 사람들이 많이 있다고 생각하기 때문이지. 나보다 훌륭한 친구가 선출되었으면 좋겠네."

정신 병원의 철창 안에 갇혀 있던 영리한 사람들은 이 말을 듣고 몹시 화를 냈다. 그들은 다시 고함을 지르기 시작했다.

"우, 우, 저 미친놈 좀 봐. 시장이 되고 싶지 않대."

"아이고, 저런 미친놈을 봤나?"

진행을 맡고 있던 미친 사람은 다시 영리한 사람들을 향해 몸을 돌렸다. 그러자 철창 안에 있던 영리한 사람들이 그에게 애원을 하기 시작했다.

"제발 날 시장으로 만들어 주시오."

"부디 날 추대해 주시오."

"날 시장으로 만들어 주지 않으면 죽어 버릴 거야."

진행자는 자기 친구들을 다시 바라보더니 그들 중 한 명에게 말했다.

"자네가 시장직을 맡아 주게."

그러자 지목을 받은 미친 사람이 말했다.

"제발 부탁이니, 그 일을 나한테 맡기지 말아 주게. 그 일은 무거운 책임이 따르지 않는가? 나는 그런 능력이 없어. 지식도 경험도 모자란다네."

진행자는 다른 미친 사람에게 물었다.

"그럼 당신은?"

"나도 마찬가지요. 그 일을 맡고 싶지 않소."

미친 사람들 중 그 누구도 시장이 되고 싶어 하지 않았다. 진행자는 다시 영리한 사람들 중의 한 명에게 물었다.

"당신은 왜 시장이 되기 위해 그렇게 애걸을 합니까?"

"전 삼십 년 동안이나 공무원 생활을 했습니다. 지금은 은퇴를 했지만요. 공무원 생활을 통해서 얻은 경험이 풍부합니다."

진행자는 미친 사람들 중 한 명에게 다시 물었다.

"당신은 왜 시장이 되지 않으려고 합니까?"

"전 삼십 년 동안 공무원 생활을 하다가 은퇴했습니다. 시장이라는 직위는 아주 많은 에너지를 필요로 합니다. 매우 열심히 일해야 하는 자리이므로 밤낮없이 신경을 곤두세우고 있어야 하지요. 나처럼 은퇴한 사람이 어떻게 그런 막중한 일을 감당할 수 있겠습니까?"

진행자는 다른 영리한 사람에게 또 물었다.

"당신은 왜 그렇게 시장이 되고 싶어합니까?"

"전 젊기 때문입니다. 나라는 청년들의 어깨 위에서만이 발전할 수 있습니다."

진행자는 다시 미친 사람들 중의 한 청년에게 물었다.

"자네는 왜 시장이 되고 싶지 않은가?"

"전 젊기 때문입니다. 시장이 될 만한 학식이나 경험을 아직 껏 터득하지 못했습니다."

진행자는 모두를 향해 이렇게 말했다.

"보다시피 미친 사람들은 아무도 시장이 되고 싶어 하지 않 습니다. 그런데 영리한 사람들은 모두 시장이 되고 싶어 하는 군요. 깊이 고민한 결과, 영리한 사람들 중에서 '저 사람'을 시 장으로 임명하도록 하겠습니다."

그가 영리한 사람들 중의 한 사람을 지목하자, 철창 안의 영 리한 사람들이 난리를 쳤다.

"절대 안 돼! 저놈은 아주 부도덕해!"

"그는 저질이야!"

"비열한 놈이라고."

"그 사람은 우리 정당 사람이 아니란 말야."

그들의 태도에 화가 난 진행자는 미친 사람들 중의 한 명을 다시 지목하였다.

"그렇다면 당신을 시장으로 임명하겠소."

그러자 그는 다른 미친 사람을 가리키면서 이렇게 말했다.

"저 친구가 나보다 일을 더 잘할 거요."

그러자 미친 사람들이 소리치기 시작했다.

"그럽시다! 저 사람을 시장 자리에 앉힙시다."

"젊기도 하고 학식도 풍부합니다."

"청렴결백하고 부지런한 사람이오."

"정 그렇다면 제가 이 일을 해 보도록 하겠습니다. 여러분의 믿음과 응원에 힘입어, 부끄럽지 않은 시장이 되도록 최선을 다하겠습니다. 그리고 한 가지, 제가 이 일을 수락하는 것은 영리한 사람들 중의 한 명이 이 일을 맡게 될까 봐 두려워서라는 걸 밝히고 싶습니다. 그러니 여러분이 저를 성심껏 도와 주셔야 합니다. 혹시라도 제가 임기 중에 잘못을 하면 매섭게 경고해 주십시오. 바로 시정하도록 하겠습니다."

아리손토폴리스는 미친 사람들이 만든 헌법에 따라 통치되기 시작했다. 하지만 의회의 구성은 그리 쉽지 않았다. 미친 사람들은 하나같이 시의원이 될 만큼 능력이 뛰어나지 않다고 생각하고 있었다.

영리한 사람들과는 달리, 그 누구도 자리를 차지하는 일에 관심을 쏟지 않았다. 그렇기 때문에 아무도 자발적으로 후보에 나서지 않았다. 그래서 그들을 잘 알고 있는 사람들이 적당한 사람들을 후보로 추천해 주지 않으면 안 되었다.

교육부 장관이 된 미친 사람은 이전의 영리한 사람 시절의 교육부 장관이 어떤 일을 했는지 일일이 조사를 하였다. 그는 미친 사람들의 헌법에 의거하여, 영리한 사람 시절의 교육부 장관이 뭘 했든지 간에 모두 없애 버리고 미친 행정을 새로이 펼치기 시작했다. 뒤죽박죽되어 있는 과거의 교육 계획안을 바로잡는 일부터 했다.

　　정신 병원에 갇혀 있는 영리한 사람들 중의 한 명은 그곳에서 벗어나기 위해 잔머리를 굴렸다. 미친 시장을 찬양하는 책을 쓴 것이었다. 제목은 〈과거와 현재, 그리고 미래를 통틀어 가장 영리한 사람〉이었다. 미친 시장은 지나친 찬양에 화가 난 나머지, 그 책을 가리키며 이렇게 말했다.

　　"작가는 작품을 쓴 대가를 반드시 받아야만 한다!"

　　시장은 그 사람에게 적절한 대가를 지불하기 위해, 영리한 사람들 시절에는 이런 찬양자들에게 어떤 대우를 해 주었는지 조사해 보도록 하였다.

　　영리한 사람들은 자신들을 찬양한 사람들에게 불로 소득을 얻게 해 주었다. 승진을 시키고 월급을 올려 주었다. 시장은 아리손토폴리스의 광장에 사람들을 불러 모았다. 그리고 자신을 찬양한 작가를 광장의 중앙으로 데려갔다. 시장은 시민들이 보는 앞에서 그를 향해 이렇게 말했다.

"영리한 사람이여, 나를 찬양하는 당신의 책을 읽었소. 고맙구려. 당신의 선행을 그냥 보고 있을 수만은 없어서 이렇게 사람들 앞에 나서게 했소이다. 우리는 미친 사람들이기 때문에 과거의 영리한 사람들이 했던 행동과는 정반대되는 일을 합니다. 당연히 미친 짓을 할 수밖에 없지요. 지금 당신에게 감사를 표하기 위해 죽지 않을 만큼 곤장을 치도록 하겠소."

미친 사람들은 시장을 찬양하는 글을 쓴 작가가 기절을 할 때까지 곤장을 쳤다. 이 광경을 보고 찬양하는 것이 아무런 쓸모가 없다고 생각한 어느 대학 교수는, 일부러 영리한 사람들이 다스리던 시절의 통치자들을 헐뜯는 말을 하였다.

"그놈들을 교수형에 처해야 해! 갈가리 찢어 죽여야 한다고!"

이 소식은 오래지 않아 미친 시장에게 전달되었다. 미친 시장은 이렇게 말했다.

"우리는 미친 사람들이다. 헌법에 위배되는 그 어떤 행동도 용납할 수 없다. 헌법을 어기는 행동은 우리 미친 사람들에게는 어울리지 않는다. 그러므로 과거의 통치자들을 비판하는 시민에게 우리 헌법에 준하는 처벌을 가해야 한다."

헌법은 영리한 사람들이 한 것과 반대되는 일을 하라고 명하고 있었다. 영리한 사람들은 예전에 이러한 일이 발생했을 때, 자기와 같은 주장을 하는 사람의 뺨이나 이마에 입맞춤을 하였다. 미친 시장은 이렇게 명령했다.

"이 사람의 얼굴에 침을 뱉어라!"

이 명령을 듣고 교수는 발끈하였다.

"인정할 수 없습니다. 시정을 요구하겠소!"

미친 사람들은 이 일을 어떻게 처리하는 것이 옳은지 몰라, 영리한 사람들이 갇혀 있는 정신 병원으로 달려가서 자문을 구했다.

"영리한 사람들 시절에는, 과거의 통치자를 비판한 사람한테 당국의 처벌에 관해 '인정할 수 없습니다. 시정을 요구하겠소!'라고 말할 자격이 있었소?"

그들은 그럴 수 없었다고 말했다. 그러자 교수는 더 이상 반발을 할 수가 없었다. 대신 재판관을 찾아가 자신의 고민을 늘어놓았다. 재판관이 물었다.

"과거의 통치자들을 어떻게 했으면 좋겠나?"

"교수형에 처해야 합니다."

"그들이 무슨 죄를 지었는데?"

"온갖 비행을 다 저질렀지요."

"언제 그랬나?"

"오래전에요."

"그때는 왜 말을 하지 않고 가만히 있다가 지금에 와서 이러는가?"

"그때는 두려웠습니다."

"당신은 그 당시 그 사람들을 찬양하지 않았던가?"

"모두 다 두려워서 한 일입니다."

"그들이 자신들을 찬양하라고 당신에게 강요했나?"

"아니요, 전 먹고살아야 했습니다. 자식들을 건사해야 했으니까요."

재판관은 판결을 내렸다.

"이 세상의 모든 새로운 통치는 언젠가는 과거의 통치가 된다. 결국 피고는 새로운 통치권을 우회적으로 비판한 셈이므로 그 죗값을 치르는 것이 마땅하다."

재판관은 미친 사람들을 부른 뒤 판결문을 읽어 주었다. 미친 사람이 말했다.

"그 얼굴에 침을 뱉을 가치도 없다!"

미친 사람들은 산업과 복지, 건강 문제에 관해서도 그 전에는 상상도 하지 못했던 미친 짓들을 했다. 어느 날 신임 문화부 장관이 축구 경기장에 왔다. 그날은 아리손토폴리스에서 가장 유명한 두 축구팀이 경기를 하고 있었다. 그 바람에 관중이 육천 명가량이나 모여들었다. 장관은 경기를 중단시킨 뒤

심판에게 물었다.

"뭘 하고 있는가?"

"축구 경기를 하고 있습니다."

"경기라는 게 뭔가?"

"스포츠입니다."

"스포츠를 하면 무엇에 좋은가?"

심판은 자신이 알고 있는 지식과 정보를 총동원하여 설명을 하기 시작했다.

"장관님, 스포츠는 몸을 튼튼하게 합니다. 건강한 육체에 건강한 정신이 깃들지요. 그러므로 한 국가의 청년들이 건강해지기 위해서는 스포츠가 아주아주 중요합니다."

"그렇군. 그런데 지금 내가 보기에는 축구라는 이 훌륭한 스포츠를, 저 운동장에 있는 스물두 명의 청년들만 하고 있군그래. 그렇다면 관중석에 앉아 구경하고 있는 육천 명은 뭔가? 사람이 경기를 보기만 해도 튼튼해진단 말인가?"

장관의 주위에 앉아 있던 사람들은 당혹감을 감추지 못한 채 아무런 대답을 하지 못했다. 장관은 관중들을 둘러보았다. 그리고는 배가 유난히 나온 어떤 사람에게 이렇게 말했다.

"몸이 대단하군요! 축구를 부지런히 봐서 당신의 위가 몹시 튼튼해진 건가요?"

또 뼈만 남은 홀쭉이 관중에게는 이렇게 말했다.

"자네에게도 스포츠가 아주 유용했던 모양이군."

잠시 후, 장관은 이런 명령을 내렸다.

"모든 관중은 운동장으로 내려가 팀을 짠 후 한데 섞여서 축구를 하시오!"

그러자 마르거나 뚱뚱하거나 어리거나 나이 들었거나, 가리지 않은 채 사람들이 운동장으로 우르르 쏟아져 내려갔다. 그리고 뛰다 뛰다 지쳐서 땅바닥에 주저앉을 때까지 축구를 하였다. 운동을 안 하다가 갑작스레 한 탓에 대부분의 사람들이 한 달 가까이나 걷지를 못했다.

미친 사람들의 미친 짓은 이것으로 끝나지 않았다. 어느 날, 미친 사람들 중 유력한 인사가 어떤 회의에 참석하였다. 그가 회의실로 들어서자, 그 자리에 모여 있던 사람들이 열렬한 박수를 보냈다. 미친 사람은 깜짝 놀라서 사람들을 향해 물었다.

"무슨 일이 있습니까?"

"아무 일도 없는데요."

"아무 일도 없다면서 왜 박수를 치는 것이오?"

"당신이 오셨기 때문에 박수를 치는 겁니다."

"내가 온 것이 박수를 칠 만한 일이오? 내가 여기까지 걸어

와서 박수를 친다는 거요? 몸이 마비되지 않은 이상 걷는 건 당연한 일인데……. 혹시 내가 날아왔다면 모를까."

미친 사람은 한참 동안 어이없는 듯한 표정을 짓더니, 회의에 참석한 사람들에게 서로를 바라보며 스물네 시간 동안 박수를 치라는 명령을 내렸다.

언젠가는 이런 일도 있었다. 미친 사람들 중의 한 명이 클럽에 갔다. 클럽에서는 어떤 여자가 옷을 벗으며 춤을 추고 있었다. 그 미친 사람은 관객들에게 이렇게 물었다.

"뭘 구경하고 있소?"

"벌거벗은 여자의 몸을 구경하고 있습니다."

"그걸 보려고 여길 온 거요?"

"예."

"돈은 얼마나 냈소?"

누군가는 50리라, 누군가는 100리라, 또 누군가는 150리라를 지불했다고 했다.

"그렇게 많은 돈을 저 벌거벗은 여자 하나를 보려고 냈단 말이오?"

"예."

"저 여자의 몸에 다른 여자에게는 없는, 뭔가 특별한 것이 있는 거요?"

"아니요."

"그렇다면 지금 하는 짓이 부끄럽지 않소?"

관객들 중에서 가장 영리한 사람이 대답했다.

"뭐가 부끄럽다는 겁니까? 우린 나쁜 의도를 가지고 구경을 하는 게 아닙니다. 벌거벗은 여자의 몸은 미적인 흥분과 만족을 주기 때문이지요."

그러자 미친 사람이 말했다.

"그렇군, 이제야 무슨 말인지 알겠습니다. 내가 오해를 한 모양이오. 저 여자의 벌거벗은 몸이 미적인 만족을 준단 말이지. 그렇다면 당신들의 아내와 딸들도 여기로 데려와, 저 무대 위에서 음악에 맞춰 춤을 추며 옷을 벗게 하시오. 그러면 미적인 만족을 훨씬 더 많이 느낄 수 있을 것 아니오?"

순간, 관객들은 그 미친 사람의 발밑에 모두 엎드렸다.

"제발 그 명령만은 거두어 주십시오."

"미적인 만족을 오로지 저 여자만이 불러일으킬 수 있단 말이오? 도무지 이해할 수가 없군. 당신의 아내와 딸들을 부르기 싫다면, 어디 한번 당신들 스스로 미적인 만족을 불러일으켜 보도록 하시오."

관객들은 그의 명령에 따라, 태어날 때처럼 옷을 홀딱 벗은 채 음악에 맞춰 춤을 추기 시작했다.

　미친 사람들은 아리손토폴리스에서 수백 년간 지속돼 온 질
서를 모두 깨뜨려 버렸다. 그들은 온갖 미친 짓을 다함으로써
모든 것을 뒤죽박죽으로 만들어 버렸다. 그러는 사이, 영리한
사람들의 시대에 만들었던 것들은 모두 사라지고 말았다.
　어느 날 미친 사람들이 한자리에 모였다. 시장이 말했다.
　"여러분! 아리손토폴리스에서 아직도 우리가 붕괴시키지
못한 것이 있습니까?"
　"없습니다."
　"영리한 사람들이 만든 것들을 모두 붕괴했습니까?"
　"그렇습니다."
　"우리가 붕괴시키지 않은 것이 하나라도 남아 있어선 안 됩
니다."
　시장은 그들 중 몇 명을 선발해서 조사를 하게 했다. 그랬
다. 그들이 붕괴하지 않은 것은 하나도 남아 있지 않았다. 그
러자 시장이 말했다.
　"여러분! 우리가 바라던 것을 모두 다 이루었습니다. 이제
우리의 과제는 끝났습니다. 우리가 할 일은 더 이상 남아 있지
않습니다."

미친 사람들이 소리쳤다.

"그렇습니다!"

"우리의 임무를 다했어."

"우리가 할 일은 끝났어."

시장이 다시 말했다.

"이제 우리는 맘 편히 정신 병원으로 들어갈 수 있습니다. 자, 여러분 그곳으로 돌아갑시다. 영리한 사람들을 풀어 주고, 우릴 다시 병원에 가두라고 합시다."

미친 사람들이 병원으로 다시 돌아갈 거라는 소문이 입에서 입으로 퍼져 나갔다. 아리손토폴리스 시민들은 눈물을 흘리며 미친 사람들에게 애원하기 시작했다.

"제발 우릴 버리지 마세요!"

"우릴 또 그 영리한 사람들의 손에 맡기려는 겁니까?"

"당신들은 동정심도 없습니까? 우릴 내버려 두고 어디로 가십니까?"

미친 사람들은 이 말에 개의치 않았다. 모두 모여서 정신 병원으로 향했다. 그리고 영리한 사람들을 풀어 준 다음, 자신들이 그 안으로 들어갔다. 영리한 사람들은 정신 병원에서 나오자마자 즉시 미친 사람들을 가두고 문을 잠갔다.

그러고는 아리손토폴리스에서 미친 사람들이 파괴시켜 놓

은 일들을 하나하나 재정비하기 시작했다. 그것은 생각만큼 쉬운 일이 아니었다. 미친 사람 한 명이 엉망으로 만들어 놓은 일에 사십 명의 영리한 사람들이 달라붙어도 쉽게 수정이 되지 않았다.

아리손토폴리스는 지금도 여전히 엉망진창이다. 그래도 지금까지 제대로 돌아가고 있는 일이 있다면(아주 드물긴 하지만), 미쳤다고 여겼던 사람들이 통치하던 시기에 만들어 놓은 것들이었다.

바위 밑과 바위 앞

'바위 밑'이라는 이름을 가진 마을이 있었다. 그 마을의 집들이 거대한 검은 바위 밑에 다닥다닥 붙어 있어서 그런 이름이 붙어졌다.

그 거대한 바위는 마을의 동쪽에 있었다. 그 때문에 마을에서는 해가 뜨는 것이 보이지 않았다. 다른 마을에 아침이 오고, 정오가 되고, 오후가 될 무렵에야 바위를 넘어온 해를 가까스로 구경할 수 있었다. 그래서 바위 밑 마을에는 늘 햇살이 아주 잠시 동안 비추다 사라져 버리곤 하였다.

바위 밑 마을의 아이들은 아침마다 배가 고파 엄마에게 이렇게 소리치곤 하였다.

"엄마, 밥! 엄마, 바아아압!"

그러면 엄마는 아이들에게 이렇게 말했다.

"아직 해도 안 떴는데 무슨 밥이니? 해가 뜨면 그때 줄게."

하지만 다른 마을에는 벌써 해가 떴을 시각이었다. 바위 밑 마을에는 아직 여명조차 밝아오지 않았지만. 배가 고픈 아이들은 검은 바위 밑으로 간 뒤, 해가 뜨는 쪽을 바라보며 두 손 모아 빌었다.

"해야, 떠라. 해야, 떠라. 해가 뜨면 엄마가 밥을 준단다."

바위 밑 마을에 알리라는 영리한 사내아이가 있었다. 알리는 공부를 열심히 하는 학생이었다. 그날도 마을 아이들은 여전히 검은 바위 밑에서 해를 향해 애원을 하고 있었다.

"해야, 떠라. 해야, 떠라. 해가 뜨면 엄마가 밥을 준단다."

이를 본 알리가 아이들에게 말했다.

"얘들아, 우리 선생님이 그러는데, 다른 곳에서는 해가 빨리 뜬대. 이 검은 바위가 우리 마을의 햇빛을 가로막고 있다는 거야. 그래서 우리 마을에만 햇빛이 늦게 들어오는 거래. 저녁도 일찍 오고."

아이들 중 한 명이 말했다.

"그래도 어쩌겠어? 우리 마을이 바위 밑에 있으니 별수가 없잖아!"

알리가 대답했다.

"검은 바위의 다른 쪽은 햇빛이 가득해서 아주 밝대. 난 그곳이 몹시 궁금해. 우리 모두 그쪽으로 가 보지 않을래?"

아이들이 환호성을 질렀다.

"그래그래."

"우리가 직접 가 보자."

"빨리 가 보자."

아이들은 검은 바위의 가장자리를 따라 걸었다. 돌더미와 바위를 넘고 넘었다. 언덕도 넘었다. 이윽고 알리는 검은 바위에 난 좁은 통로를 발견했다. 그 통로를 따라가자 길이 나 있는 것이 보였다.

알리가 아이들에게 소리쳤다.

"얘들아, 길을 찾았어! 여기에 길이 있어. 이리로 와!"

아이들은 알리가 찾은 통로로 뛰어갔다. 마침내 아이들은 검은 바위의 앞쪽으로 나갔다. 거기는 대낮처럼 환했다. 넓디넓은 평야 지대가 햇빛을 받아 반짝거렸다.

푸른 들판에는 풀들이 무성하게 자라고 있었으며, 그 가장자리를 나무들이 에워싸고 있었다. 나무들 사이로는 깨끗하고 맑은 물이 흘러갔다. 아이들은 들판을 신나게 뛰어다니며 놀았다.

알리가 아이들에게 말했다.

"얘들아, 검은 바위 밑에 있는 우리 마을을 이 햇빛 가득한 곳으로 옮기자고 하자. 이 아름다운 곳에다 집을 새로 짓자고. 어차피 이곳은 우리 마을에서 멀지도 않잖아!"

아이들은 손뼉을 치며 즐거워하였다.

"그래, 여기로 이사하자!"

"이 아름다운 곳으로 오자!"

"바위 밑에서 해방되자!"

"이곳에 우리 마을을 새로 만들자!"

알리는 아이들에게 말했다.

"먼저 어른들에게 말씀드려야 해. 이 곳엔 햇빛이 많아서 더 밝다는 것을 어른들에게 알려야 한다고."

아이들은 알리의 말에 동의했다.

"그렇다면 얼른 어른들한테 가서 말씀드리자."

알리와 아이들은 다시 바위 밑 마을로 돌아갔다. 아이들은 마을 사람들이 즐겨 다니는 찻집으로 갔다. 알리는 찻집에 있는 어른들에게 이렇게 말했다.

"우리 마을은 검은 바위 때문에 해가 들어오지 않아요. 햇빛이 들어오지 않기 때문에 병도 많이 걸려요. 아이들은 잘 자라지 않고요. 땅이 비옥하지 않아서 추수도 많이 할 수 없어요."

하얀 수염을 기른 할아버지가 말했다.

"알리야, 네가 한 말은 모두 맞다. 하지만 우리 마을은 처음부터 이곳에 세워져 있었단다. 검은 바위를 다른 곳으로 옮길 수는 없잖니?"

알리가 대답했다.

"검은 바위를 옮길 수는 없어요. 하지만 검은 바위 너머로 우리가 이사 갈 수는 있잖아요. 우리가 그곳을 직접 보고 왔어요. 햇빛이 많아서 밝고 아름다운 곳이에요. 그곳에다 집을 지으면 돼요."

찻집에 있던 사람들은 알리의 말에 모두 웃음을 터뜨렸다. 알리를 비웃고 있었던 것이다.

어느 날 마을에 떠돌이중이 찾아왔다. 떠돌이중은 비쩍 마른 데다 병까지 깊어 보였다. 어찌나 안색이 창백하던지 금세라도 쓰러질 듯하였다.

그 떠돌이중이 마을에 도착했을 때도 아이들은 검은 바위 밑에서 해를 향해 소원을 빌고 있었다.

"해야, 떠라. 해야, 떠라. 해가 뜨면 엄마가 밥을 준단다."

떠돌이중이 아이들에게 물었다.

"얘들아, 뭘 그렇게 빌고 있느냐?"

알리가 대답했다.

"이 검은 바위가 해를 막고 있어요. 그래서 우리 마을엔 아침이 늦게 와요. 다른 마을처럼 우리 마을에도 해가 일찍 뜨라고 빌고 있는 거예요."

"너희가 원한다면 내가 이 검은 바위를 다른 곳으로 옮겨 주도록 하마. 그러면 마을에 햇빛이 들 테니……."

알리는 떠돌이중의 허름한 옷차림과 다 닳아빠진 신발을 훑어보았다. 창백한 얼굴과 퀭한 눈동자도 보았다. 그리고는 떠돌이중을 향해 이렇게 말했다.

"아저씨는 자기 발로 서 있는 것조차 힘들어 보이는데, 어떻게 저 거대한 바위를 들어 옮긴단 말이에요? 우리를 속이려 하지 마세요."

"내 겉모습을 보고 판단하지 마라. 내게 음식을 주고 잘 돌봐준다면 거인처럼 힘이 세어질 수 있으니까. 그러면 그때 이 검은 바위를 등에 지고 옮기도록 하지."

"아저씨는 꾀가 많은 사람이군요. 며칠 동안 아무것도 먹지 못한 게 틀림없어요. 먹고 잘 곳이 필요한 거지요? 하지만 검은 바위를 옮긴다는 말로 우릴 속이지는 마세요. 정 배가 고프다면 엄마에게 말씀드려 먹을 걸 주도록 할게요."

떠돌이중은 바위 밑 마을의 찻집으로 갔다. 그는 그곳에 모여 있는 사람들에게 인사를 한 뒤 이렇게 말했다.

"원한다면 당신들의 마을을 저 검은 바위로부터 해방시켜 주겠소."

마을 사람들은 궁금증을 이기지 못하며 이렇게 물었다.

"당신이 그걸 어떻게 한단 말이오?"

"여러분은 나를 사십 일 동안 잘 먹이기만 하면 됩니다. 땅콩, 꿀, 빵, 포도, 아몬드 같은 것들을 먹여 주시오. 사십 일이 지나면 난 거인처럼 힘이 세어질 것이오. 그때 검은 바위를 등에 져서 먼 곳으로 옮겨 버리겠소."

마을 사람들은 기뻐하면서 말했다.

"원하는 대로 해 주겠소. 우리는 오랫동안 당신 같은 사람을 기다리고 있었소. 사십 일 동안 당신을 기꺼이 대접하겠소. 그러고 난 뒤, 당신이 저 검은 바위를 우리 마을에서 지고 가시오. 우린 이른 아침에 해가 뜨는 것을 보고 싶소."

알리는 그 이야기를 듣고는 마을 어른들에게 가서 말했다.

"이 떠돌이중은 꾀가 많은 사람이에요. 우리를 속이려는 거라고요."

마을 사람들이 알리에게 물었다.

"우리를 속일 거라는 것을 어떻게 아느냐?"

"이 아저씨 혼자서 어떻게 저 큰 바위를 들 수 있겠어요?"

그러자 한 할아버지가 고집을 부렸다.

"아니다, 들 수 있을 게다."

알리가 다시 말했다.

"이사는 갈 수 없다고 하시면서 저 커다란 바위를 등에 져서 옮긴다는 말은 믿으신단 말예요? 이 꾀 많은 떠돌이중이 사십 일 동안 여기서 공짜로 먹고 자려는 거라고요. 사십 일이 지나면 여기를 떠나 버릴 거예요."

어른들이 알리에게 말했다.

"넌 아직 어려서 어른들의 뜻을 이해하지 못한단!"

알리가 다시 어른들에게 말했다.

"그렇다면 우리도 어른들에게 바라는 것이 있어요."

"그게 뭐냐?"

"만약 떠돌이중이 사십 일 후에 검은 바위를 여기서 옮기지 못하면 검은 바위 저편으로 이사하는 거예요. 거기로 가서 집을 새로 지어요, 네?"

마을 사람들은 떠돌이중이 검은 바위를 옮길 거라고 굳게 믿었기 때문에 알리가 참견하는 게 귀찮았다. 그래서 순순히 약속을 해 주었다.

"그래, 약속하마. 사십 일 후에 이 떠돌이중이 바위를 옮기지 못한다면 네가 말하는 곳으로 이사를 가자꾸나."

비쩍 마른 떠돌이중은 마을의 가장 좋은 집에서 가장 좋은 방을 차지하고는 문과 창문을 모두 막아 버렸다. 그리고 하루 종일 부드러운 요 위에 드러누워 있었다.

매일 아침 떠돌이중은 마을 사람들이 주는 기름진 음식을 배불리 먹었다. 점심때는 닭튀김과 고기, 밥, 주스, 그리고 단 후식을 들었다. 그 외에도 간식으로 땅콩, 호두, 아몬드, 포도 따위를 먹었다.

그리고 밤에는 차가운 아이란(요구르트를 희석시킨 음료)과 꿀물을 마셨다. 어른들은 떠돌이중이 먹고 싶어 하는 것이라면 무엇이든 다 구해다 주었다.

떠돌이중이 움직이지도 않은 채 음식만 먹고 지낸 지 사십일째가 되었다. 그가 머물고 있던 집 앞은 사람들로 붐볐다. 떠돌이중이 밖으로 나오는 날이기 때문이었다.

처음에는 꼼짝도 하지 않은 채 먹기만 해서 한없이 뚱뚱해진 떠돌이중의 몸이 문에 끼어서 밖으로 나오는 일이 여간 힘들지 않았다. 마을 사람들이 떠돌이중의 손과 팔을 힘껏 잡아당긴 후에야 가까스로 밖으로 나올 수 있었다.

마을 사람들은 떠돌이중을 앞세운 채 검은 바위 밑으로 갔다. 검은 바위의 꼭대기는 구름에 닿아 있었다. 떠돌이중은 검은 바위 밑에 무릎을 꿇고 앉았다. 그리고는 등을 검은 바위 쪽에 갖다 대면서 마을 사람들에게 이렇게 말했다.

"자, 이제 여러분은 내 등에 검은 바위를 올려놓기만 하면 됩니다. 그러면 내가 이 검은 바위를 지고 가겠소."

마을 사람들은 꾀 많은 떠돌이중의 말을 듣고 깜짝 놀랐다.

"아니, 이 큰 바위를 우리가 어떻게 당신 등에 올려놓는단 말이오?"

그러자 떠돌이중이 마을 사람들에게 말했다.

"여러분이 내 등에 바위를 올려놓지 않으면 내가 무슨 수로 이것을 들어 옮길 수가 있겠소? 나는 약속을 지키고 싶소. 바위를 다른 곳으로 옮겨 놓겠소. 여러분이 내 등에 바위를 올려 놓아 준다면 말이오."

마을 사람들은 힘을 합쳐 검은 바위를 떠돌이중의 등에 올려놓으려고 해 보았다. 온힘을 다해 바위를 밀어 보았지만 꿈쩍도 하지 않았다.

바위를 잡아당겨도 봤지만 아무런 소용이 없었다. 바위를 밧줄로 묶은 뒤 위로 끌어올리려고도 해 보았지만 그것마저도 가능하지 않았다. 온갖 수단을 다 동원해 보아도 바위를 움직이게 할 수는 없었다. 마을 사람들은 땀이 범벅이 된 채 지쳐 버리고 말았다.

잠시 후, 떠돌이중이 마을 사람들에게 말했다.

"보셨지요? 나는 죄가 없습니다. 이제 그만 가 보겠습니다. 모두 잘 지내시오."

떠돌이중은 떠나 버렸다. 아이들이 화가 나서 소리를 지르며 그의 뒤를 얼마간 쫓아갔다. 그때 알리가 마을 사람들을 향해 말했다.

"보셨죠? 떠돌이중은 검은 바위를 옮기지 못했습니다. 떠돌이중이 바위를 옮기지 못하면 바위 너머로 이사 가기로 약속하셨죠? 그 약속을 지켜 주세요. 바위 너머로 이사 가서 새로 집을 지어요."

한 할아버지가 말했다.

"우리는 이곳에 익숙해졌단다. 다른 곳으로는 갈 수 없어."

알리가 말했다.

"이곳에 익숙해지셨다는 건 알고 있어요. 그래도 검은 바위 저편으로 모두 함께 가요. 그곳은 아주 밝아요. 얼마나 아름다운지 몰라요. 그곳에 가면 우리 마을에도 해가 빨리 뜰 거예요. 아침마다 아이들이 배가 고파서 '해야, 떠라. 해야, 떠라. 해가 뜨면 엄마가 밥을 준단다.' 하고 헛되이 빌 필요도 없다고요. 그리고 약속하셨잖아요? 떠돌이중이 검은 바위를 옮기지 못하면 이사 가겠다고요. 약속을 지키셔야죠."

아이들은 알리에게 박수를 보냈다.

바위 밑 마을 사람들은 어쩔 수 없이 약속을 지켜야 했다.

마을 사람들은 지금까지 살던 집을 허물기 시작했다. 아이들은 기쁜 마음에 어른들의 일을 열심히 도왔다. 특히 알리는 그 누구보다도 신이 나서 부지런히 일했다.

마을 사람들은 가재도구를 챙겨서 검은 바위 너머로 이사를 했다. 그들은 노래를 흥얼거리며, 그 밝고 넓은 평야에 새로 집을 지었다.

새로 만든 마을은 축제 분위기였다. 북을 치고, 탬버린을 치며, 피리를 불었다. 마을 청년들과 처녀들은 음악에 맞춰 춤을 추었다.

햇빛을 받은 검은 바위의 얼굴이 반짝반짝 빛났다. 마을 사람들은 꼭대기가 구름까지 닿는 이 거대한 바위를 이제 검은 바위라 부르지 않았다. 하얀 바위라고 불렀다.

새로 지은 집에서 잠을 자고 일어난 첫날 아침, 마을 아이들은 너나없이 밖으로 뛰어나왔다. 그리고 고개를 들어 해를 보며 환호성을 질렀다.

"해야, 떠라! 해야, 떠라!"

해는 사방으로 빛을 흩뿌렸다. 아이들을 향해 웃음짓기라도 하듯……. 바위 밑 마을에 살았던 사람들은 이제 새로 지은 마을을 '바위 앞'이라 불렀다.

연싸움

할아버지는 무라트에게 연날리기에 관한 이야기를 할 때마다 습관처럼 되풀이하는 말이 있었다.

"이 세상에서 연날리기만큼 즐겁고 흥겨운 놀이는 아무것도 없단다."

할아버지는 팔순이 넘었지만 아주 정정했다. 함께 길을 걸을 때면 무라트가 오히려 할아버지를 따라잡기가 힘들 정도였다. 그만큼 할아버지는 걸음걸이도 빨랐다.

무라트는 할아버지가 늘 얘기하는 '연날리기의 즐거움'이 어떤 것인지 몹시 궁금해졌다.

"우리, 연날리기를 해 봐요. 네, 할아버지?"

그럴 때마다 할아버지는 여러 가지 핑계를 댔다. 어떤 때는 연을 날리기에는 나이가 너무 많아서 연을 쫓아다닐 기력이 없다고도 하고, 또 어떤 때는 할아버지와 무라트가 사는 도시에는 연을 날릴 만큼 넓은 공터가 없다고도 하였다. 그러면 무라트는 이렇게 묻곤 했다.

"할아버지, 옛날의 그 넓은 공터는 지금 어떻게 됐어요?"

"그곳에는 새 건물들이 들어섰단다. 도시가 생기면서 건물들이 빽빽하게 들어서고 거리가 복잡해졌지. 연을 날릴 만한 공간이 한 군데도 남아 있지 않아."

할아버지는 틈이 나는 대로 무라트에게 연날리기에 관해 이야기해 주었다. 그중에서 연싸움 이야기가 제일 재미있었다. 무라트는 할아버지가 연싸움 이야기를 할 때마다 귀를 쫑긋이 곤추세웠다.

"연싸움은 어떻게 하는데요?"

"우선 각 마을에서 연날리기를 가장 잘하는 사람을 뽑는단다. 그리고 연싸움에 쓸 연을 만드는데, 연줄에다 유리 조각을 군데군데 붙여 놓지. 이날은 마을 아이들이 연날리기 선수의 뒤를 따라 넓은 공터로 우르르 몰려간단다. 연날리기는 주로 봄과 가을(우리 나라에서는 정월 초하루부터 대보름날까지 연날리기를 한다. 일 년 중 이때가 연날리기에 가장 적당한 북서풍이 불기 때문이다.)에 하지."

"왜요, 할아버지?"

"그때가 연날리기에 가장 적당한 날씨거든."

"연날리기에 좋은 날씨는 어떤 건데요?"

"바람이 너무 강하지도 않고 너무 약하지도 않은 걸 말하지. 참, 연을 날릴 때는 아이들 중 하나가 연의 몸통을 들고 있어야 해. 이때 연을 날릴 사람은 그 아이와 사오십 걸음가량 떨어져 있어야 하지. 연 날릴 사람이 줄을 당기면 그 아이가 연을 놓는 거야. 연이 바람에 밀려 하늘로 떠오르면 얼레에 감긴 줄을 천천히 풀어 줘야 해. 연을 아주 높이 띄우고 싶을 땐 줄을 자기 쪽으로 빠르게 잡아당기면 되지. 그러면 연이 전복돼 버리거든."

"전복된다는 게 무슨 뜻이에요, 할아버지?"

"연줄을 급히 잡아당기면 연이 마치 꼬꾸라질 듯 공중에서 한 번 뒤집어지거든. 그것을 전복된다고 하는 거야. 그다음엔 얼레를 돌리며 연줄을 풀어 줘야 해. 연줄을 당길 때는 노련한 기술이 필요하단다."

"연싸움은 어떻게 하는 거예요?"

"다른 마을 아이들과 함께 연을 날리면서 시합을 하는 거야. 하늘에는 여남은 개의 연들이 미끄러지듯 날아다니지. 균형이 잘 잡힌 연에 꼬리를 길게 달아 주면 아주 아름다운 포물선을 그릴 수 있단다.

연 날리는 사람은 하늘에 떠 있는 연들 중에서 하나를 목표물로 정한 뒤 그쪽으로 자기의 연을 몰고 가. 이것은 마치 전쟁을 할 때 선전 포고를 하는 것과 유사하지. 연싸움을 시작하기 위해서는 연줄을 서로 엉키게 한 다음 세게 잡아당겨야 해. 연줄을 느슨하게 놨다가 잡아당겼다가를 반복해야 하는데, 그렇게 하면 연이 지그재그를 그리며 날게 된단다.

그러다 보면 자연히 줄이 엉킨 두 연 중의 하나가 다른 하나를 끌고 있는 형세가 돼. 그때 그 끌려 다니는 연을 포로로 삼은 셈이 되는 거지. 참, 아까 연줄에 유리 조각을 매달아 둔다고 말했지?

연싸움을 하다가 상대편 연의 줄을 자르기 위해서 그렇게 하는 거란다. 줄이 끊어진 연은 상대편 연줄에 감기게 되는데, 연싸움에서 이긴 선수가 연을 잡아당겨서 진 사람의 연을 아래로 끌어내리는 거야. 만약 그때 상대편 연이 줄에 감기지 않으면 진 쪽의 연은 땅으로 떨어지지 않고 저 멀리로 날아가 버린단다. 미지의 곳으로 날아가 떨어질 테지."

"만약 연줄이 끊어지지 않으면 어떻게 돼요, 할아버지?"

"사실 연줄은 생각만큼 쉽게 끊어지지 않아. 특히나 공중에서 연싸움을 하면서 줄에 매단 유리 조각으로 연줄을 자르는 것은 정말로 어려운 일이지. 혹시라도 연줄이 끊어지지 않을 경우엔 줄이 서로 뒤엉켜 있는 두 연의 임자가 손에 쥐고 있는 얼레를 돌리면서 줄을 급하게 끌어당긴단다. 이때는 연줄이 끊이지 않도록 주의를 해야 해. 줄이 끊어지면 다른 연의 포로가 돼 버리니까. 줄을 잡아당기면서 다른 연을 땅으로 내려오게 해야 하지. 연싸움에서 이긴 마을의 아이들은 환호성을 지르며 떨어지는 연 쪽으로 뛰어간단다. 포로로 잡은 연을 연줄에서 풀어내기 위해 그쪽으로 뛰어가는 거지.”

“그런 다음엔요, 할아버지?”

“결국 두 선수 중 한 명은 연 두 개를 다 땅으로 내린단다. 포로로 잡은 연은 이긴 쪽이 갖게 되지.”

할아버지는 이 연싸움에 관한 이야기를 무라트에게 자주 들려주었다. 이야기를 할 때마다 내용이 조금씩 달라지곤 하였다. 무라트는 할아버지가 들려주는 연싸움 이야기를 아주 좋아했다. 할아버지 역시 어린 시절로 다시 돌아가기라도 한 듯이 즐거워했다.

무라트가 초등학교 3학년에서 4학년으로 올라가던 해의 여름 방학 때였다. 할아버지는 연을 날리자는 무라트의 요구를 더 이상 뿌리칠 수가 없었다. 그래서 어느 날, 큰마음을 먹고 무라트에게 말했다.

"그래, 오늘은 연을 날려 보자꾸나."

무라트는 뛸 듯이 기뻤다. 할아버지와 손자는 아침 일찍부터 분주하게 움직였다. 먼저 상점에서 가서 연을 만드는 데 필요한 재료들을 사 왔다. 무라트는 흥분된 마음을 감추지 못한채 할아버지가 연 만드는 걸 곁에서 구경하였다.

할아버지는 대나무살을 먼저 만들어 놓은 다음, 갖가지 빛깔의 얇은 종이로 몸통을 만들어 대나무살과 맞붙였다. 무라트는 갖가지 빛깔의 얇은 종이를 가늘게 잘라 꼬리를 만들었다. 할아버지는 연살에 줄을 매단 뒤, 연이 공중에서 균형을 잘 잡도록 하기 위해서는 어떻게 해야 하는지를 시범 보여 주었다.

이윽고 할아버지는 연의 긴 꼬리를 연살의 가장자리에 잘감은 다음, 얼레를 집어 들고 밖으로 나갔다. 거리를 이리저리돌아다니며 연을 날릴 만한 장소가 있는지 찾아보았다. 그러나 한참을 돌아다녀도 적당한 장소를 발견하지 못했다.

결국 공터를 찾기 위해 마을 버스를 타고 제법 먼 곳까지 나가 보기로 하였다. 하지만 그 어디에서도 연날리기에 적당한장소는 쉽게 발견되지 않았다.

그들은 지쳐서 더 이상 돌아다닐 힘조차 없을 지경에 이르렀다. 결국 할아버지와 손자는 택시를 타고 변두리로 나갔다.

얼마쯤 달리자 빈 들판이 나왔다. 순간 할아버지가 손뼉을 치면서 매우 즐거워하였다. 하늘에 연이 대여섯 개나 떠 있었기 때문이었다.

할아버지는 손자를 둔덕에 올려놓은 다음, 손에 연을 쥐어 주었다. 그리고 연을 어떻게 잡아야 하는지 설명해 주었다. 할아버지는 얼레를 잡고 사오십 걸음 뒤로 물러섰다. 그리고 이렇게 외쳤다.

"준비되었느냐?

"예, 할아버지! 준비됐어요."

무라트가 대답했다.

"내가 줄을 잡아당기면 연을 놓으렴."

할아버지와 무라트는 첫 시도에 성공을 하였다. 연은 머리를 들고 공중으로 떠올랐다. 할아버지는 얼레를 돌리며 연줄을 당겼다 풀었다를 반복하였다. 연은 하늘 높이 날아올라갔다. 머리를 쳐든 채 꼬리로 유유히 하늘을 헤엄쳐 다녔다.

무라트는 즐거운 마음에 팔짝팔짝 뛰면서 자기에게도 연줄을 달라고 떼를 썼다. 하지만 할아버지는 못 들은 체하였다. 왜냐하면 할아버지는 그때 하늘에 떠 있는 다른 연들과 연싸움을 하고 싶었기 때문이었다. 무라트가 다시 떼를 썼다.

"할아버지, 제발 나한테 한 번만 줘 봐요. 제발요."

그러나 할아버지는 끝내 연줄을 건네주지 않았다.

"무라트, 가만있어 보려무나. 그러다 손에서 놓쳐 버리면 어쩌려고 그러느냐?"

팔순이 넘은 할아버지는 너무나 흥분한 나머지, 무라트보다 더 어린아이가 되어 버린 듯했다.

"자, 봐라! 무라트, 지금 곧 연싸움이 시작될 게다."

"정말요, 할아버지?"

할아버지가 말한 대로 하늘에 떠 있던 연 두 개가 서로 엉키기 시작했다. 할아버지는 스무 살 시절로 되돌아간 듯, 온 힘을 다해 연줄을 잡아당겼다. 나중에는 연줄을 당기면서 마구 달리기까지 하였다. 할아버지를 따라잡기 위해 무라트도 함께 뛰었다. 무라트가 소리쳤다.

"포로를 잡았다, 포로를 잡았다!"

할아버지가 줄을 당길수록 포로로 잡힌 연이 그들에게로 가까이 다가왔다. 문득 할아버지는 포로로 잡힌 연의 임자를 생각해 보았다. 무라트 또래, 아니면 그보다 한두 살쯤 위의 아이이지 않을까. 나이 든 사람이 어린아이의 연을 포로로 잡는 것은 부끄러운 일이라는 생각이 들었다.

"무라트, 이리 와서 네가 연줄을 잡으렴!"

무라트가 할아버지 곁으로 가는 사이, 다른 연의 줄을 잡고 있던 사람이 언덕 뒤에서 나타났다. 할아버지는 그 사람을 보고 깜짝 놀랐다. 그 사람 역시 할아버지와 연배가 엇비슷한 노인이었기 때문이다. 그 사람의 뒤에는 손자가 뛰어오고 있었다.

두 할아버지는 마주 보고 섰다. 그들 뒤에는 손자들이 서 있었다. 그들은 몹시 부끄러운 일을 한 사람들처럼 한동안 말없이 서 있었다. 얼마 후, 무라트의 할아버지가 입을 열었다.

"내 손자를 즐겁게 해 주려고 연을 날리고 있었소."

그러자 상대편의 할아버지가 대답했다.

"나도 그렇소. 바람이 반대로 불었더라면 당신은 내 연을 포로로 잡을 수 없었을 것이오."

무라트의 할아버지가 말했다.

"그렇다면 이번 일요일에 연싸움을 다시 합시다."

두 할아버지는 서로의 얼굴을 쳐다보며 웃기 시작했다. 너무나 웃어서 눈에 눈물이 맺힐 지경이었다. 무라트는 두 사람의 모습을 물끄러미 바라보다가 다른 할아버지의 손자에게 말했다.

"우리가 할아버지가 되었을 땐 어쩌면 연을 날리지 못하게 될지도 몰라. 그때가 오면 이곳도 건물들로 가득 차 버려서 연을 날릴 만한 공터가 남아 있지 않을 테니까."

세 가지 물건

　내 책상 위에는 세 가지 물건이 나란히 놓여 있다. 어류의 일종인 베도라치의 화석과 한쪽 껍데기만 남은 홍합, 그리고 대리석 재질의 깨진 동상 머리 등이 그것이다. 나는 여러분에게 이 셋이 겪은 이야기를 전하려 한다.

　이들의 모험은 땅속 깊은 곳에서 시작되었다. 셋 다 땅 밑에 있었지만 지금처럼 나란히 놓여 있지는 않았다. 베도라치 화석은 그들 중 가장 깊은 곳에 있었다. 지면으로부터 십삼미터가량이나 깊숙이 있었으니까.

　한쪽 껍데기만 남은 홍합은 베도라치 화석보다 약 이 미터가량 위쪽에 있었다. 그리고 대리석으로 만든 동상의 머리는 이 둘보다 지면에 약간 더 가까이 있었다.

　베도라치 화석은 석회질로 된 바위층 안에 묻혀 있었다. 마치 아주 솜씨 좋은 여자가 가느다란 실과 바늘로 바위에 수를 놓은 것처럼 보였다. 베도라치가 그곳에서 죽은 후, 수천 년 가까이 그 바위로 석회수가 스며들었다. 그 바람에 베도라치의 주검은 모양을 흩뜨리지 않은 채 석회질 바위 속에 그대로 남게 되었다.

그리고 한쪽 껍데기만 남은 홍합은 모래와 자갈이 뒤섞인 퇴적층 속에 있었다. 한쪽 껍데기만 남은 홍합보다 약간 위쪽에 있는 깨진 동상 머리는 진흙층에 묻혀 있었다.

여기서 가장 오래된 것은 베도라치 화석이었다. 인간들의 시간 측정법에 따르면 약 이십만 년 전부터 거기에 쭉 있어 왔다. 한쪽 껍데기만 남은 홍합은 그로부터 오만 년 후에 그곳으로 왔다. 그곳에 가장 늦게 온 것은 깨진 동상 머리였다.

땅의 표면으로부터 십삼 미터가량 깊이 있는 베도라치 화석은 몹시 외롭고 지루했다. 시간이 도무지 흐르는 것 같지가 않았다. 인간의 시간 측정법으로 치면 이십만 년 전부터 그 석회질 바위 속에서 화석이 된 채로 있었으니까. 움직일 수도 없었다. 당연히 그 어떤 기대도 희망도 품을 수가 없었다.

베도라치 화석은 이십만 년 전에 돌아다니고 헤엄치고 영양분을 섭취했던 그 바닷속을 머리에 떠올렸다. 그 햇빛 쏟아지던 아름다운 날들을 하나하나 기억해 내며 슬픔에 잠겨들었다.

이십만 년 전, 어느 더운 여름날이었다. 행복하게 헤엄쳐 다니던 그 바닷속에 갑자기 소동이 일어났다. 세상이 뒤집혔던 것이다. 별안간에 밑에 있던 땅이 위로 솟아오르고, 위에 있던 땅이 아래로 내려앉았다. 그러다 땅이 바다를 덮치자 바닷물은 땅 밑으로 길을 내어 흐르기 시작했다.

가련한 베도라치는 이 끔찍한 소동 속에서 그만 기절을 하고 말았다. 그리고 얼마 후, 따스하고 말랑한 반죽 속에 있는 자신을 발견하게 되었다. 이 따스하고 말랑한 반죽은 갈수록 차가워지고 딱딱해졌다. 그러더니 오래지 않아 바위 상태로 굳어 버렸다.

수십만 년 동안 이 바위틈에 스며든 석회질의 물은 베도라치의 껍데기와 뼈를 화석으로 만들었다. 결국 베도라치는 바위 속에 조각처럼 굳어진 채로 남게 되었다. 베도라치 화석에게는 미래가 없었다. 오로지 과거만 있었다. 하지만 그 과거로 돌아가는 일은 불가능했다. 그 때문에 희망이란 건 꿈조차 꾸기가 힘들었다. 모든 것이 절망적이었다.

그렇다면 한쪽 껍데기만 남은 홍합은? 알다시피 홍합은 껍데기가 몹시 단단하지만, 그 속은 아주 부드러운 조개이다.

아가미도 있다. 홍합도 인간의 시간 측정법에 따르면, 지금으로부터 십오만 년 전 어느 따스한 바닷가에 있었다. 약간 큰 바위의 가장자리에 이끼들과 함께 찰싹 달라붙어서 살고 있었다.

물론 혼자는 아니었다. 크고 작은 홍합들과 함께 있었다. 그 이끼 낀 바위가 있던 바닷가에는 개울이 흐르고 있었다. 초여름에는 그 개울의 물이 불어 물살이 세어지곤 했다. 개울은 자신이 흘러 다녔던 산과 초원에서 돌들을 바닷가로 끌고 왔다.

개울이 흐르는 바닷가에는 모래와 자갈이 쌓여 갔다. 그러다 홍합이 붙어살고 있던 이끼 낀 바위마저 모래와 자갈로 차츰차츰 덮어 버리고 말았다.

얼마 후, 바닷물이 빠져나가자, 크고 작은 홍합들은 모래와 자갈 더미 사이에 끼어 있게 되었다. 숨도 쉴 수 없었고 영양분을 섭취할 수도 없었다. 바닷물이 없었기 때문이다.

홍합은 수천 년 동안 그곳 모래더미에서 방치되었다. 그런데 어느 날 밤 갑자기 세상이 뒤흔들렸다. 땅은 바닷속으로 곤두박질쳐 들어가고, 바닷물은 땅 위로 넘쳐흘렀다. 마치 세상이 미쳐 버린 것 같았다. 산들이 무너지고 바닷물이 하늘로 치솟았다.

이러한 혼란 속에서 홍합은 자기도 모르게 땅 밑으로 들어

가게 되었다. 그리고 한쪽 껍데기를 잃어버리고 말았다. 그 후 수천 년 동안 그는 잃어버린 한쪽 껍데기를 애타게 그리워하며 살았다.

주위에는 다른 홍합들이 하나도 보이지 않았다. 수천 년 동안 혼자서 그 모래와 자갈 더미 사이에 끼어 있었다. 언제인가부터 모래와 자갈 더미 사이로 철분 섞인 물이 스며들기 시작했다.

수천 년 동안 스며든 이 철분이 함유된 물은 모래와 자갈을 덩어리지게 해서 모래석으로 만들었다. 한쪽 껍데기만 남은 홍합은 이 모래석 안에 꽁꽁 파묻히게 되었다.

그는 희망이 무엇인지 전혀 몰랐다. 미래가 없었기 때문이었다. 하지만 그에게도 아주 오래된 과거는 있었다. 홍합은 과거를 회상하며 계속 슬퍼하고 있었다. 그러니 자연히 비관적이 될 수밖에 없었다.

그렇다면 사람 모양의 대리석 동상에서 떨어져 나온 머리는 어떻게 된 것일까? 베도라치 화석과 한쪽 껍데기만 남은 홍합에 비하면 깨진 동상 머리는 아주 어리다고 할 수 있었다.

베도라치 화석은 이십만 년, 한쪽 껍데기만 남은 홍합은 십오만 년이라는 나이를 먹었기 때문이다. 그들과 견주자면 아

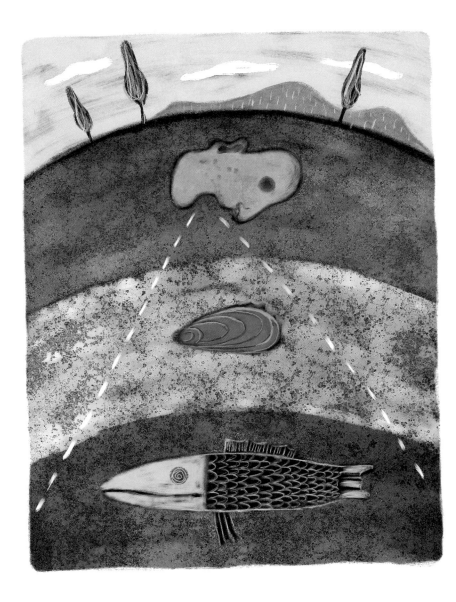

직 오백 년밖에 안 된 동상 머리는 기껏해야 어린아이에 불과
했다.

한때 아주 유명했던 어느 조각가가 위대한 사상가의 동상을
제작했다. 이 동상은 도시의 넓은 광장에 세워져 있었다. 그런
데 어느 날 자못 규모가 큰 지진이 일어났다. 땅 전체가 마구
흔들렸다. 그 바람에 모든 것의 위치가 뒤바뀌어 버렸다. 땅
위에 있던 것들은 땅 밑으로 가라앉았고, 땅 밑에 있던 것들은
땅 위로 솟아올랐다.

이 혼란 속에서 동상 또한 무너져서 산산조각이 났다. 그러
다 머리 부분만 땅속에 파묻히게 되었다. 동상 머리는 자기도
모르게 진흙 사이에 끼이고 말았다. 사상가 동상의 깨진 머리
는 이 깊은 곳에 다른 것들도 묻혀 있을 거라고 생각했다. 그
래서 자신의 언어로 소리를 질러 댔다.

"이봐요! 내 말이 들립니까? 대답 좀 해 봐요!"

깨진 동상 머리는 몇 날, 몇 달, 몇 년이고 이렇게 소리쳤다.
하지만 이 소리는 쉽게 퍼져 나가지 않았다. 땅 밑에는 모래,
흙, 자갈, 돌, 그리고 바위 들이 가로막혀 있기 때문에 소리가
잘 퍼져 나가지 않았다.

땅 밑에서 소리가 일 미터를 가기 위해서는 몇 달이 소요되
었다. 그 바람에 동상 머리의 소리를 한쪽 껍데기만 남은 홍합

은 십 년 만에 들었고, 베도라치 화석은 이십 년 만에 들었다.

어느 날, 깨진 동상 머리의 소리를 들은 베도라치 화석과 한쪽 껍데기만 남은 홍합이 대답을 하였다.

"그래, 네 소리가 들려. 그런데 넌 뭐냐?"

이 말은 깨진 동상 머리에게 사십 년이 걸려 전달되었다. 깨진 동상 머리는 자신과 자신이 겪은 일에 관해 설명했다. 그런 다음 그들에게 물었다.

"너희는 누구냐?"

베도라치 화석과 한쪽 껍데기만 남은 홍합도 자신과 자신들의 과거에 대해 이야기해 주었다.

이렇게 해서 그들은 이야기를 나누게 되었다. 깨진 동상 머리는 그들에게 자신을 어떤 인간이 만들었다고 말했다. 베도라치 화석과 한쪽 껍데기만 남은 홍합은 인간이 무엇인지 몰랐다. 왜냐하면 자신들이 살았던 십오만 년 전과 이십만 년 전에는 이 세상에 인간이란 것이 존재하지 않았기 때문이다.

그들은 호기심에 싸인 채 깨진 동상 머리에게 계속 질문을 했다. 깨진 동상 머리는 자기가 아는 대로 차근차근 설명을 해 주었다.

"인간은 창조적이고 건설적이야."

베도라치 화석, 한쪽 껍데기만 남은 홍합, 그리고 깨진 동상 머리는 아주 멀리 떨어져 있었지만 서로의 존재에 관해서만큼은 알게 되었다.

셋 다 땅, 바다, 물, 태양, 공기, 바람, 색을 그리워했다. 변화무쌍한 자연을 그리워했다. 해가 뜨고 지는 모습, 바다의 밀물과 썰물, 파도가 바위에 부딪혀 부서지는 모습…… . 베도라치 화석은 이십만 년 동안, 한쪽 껍데기만 남은 홍합은 십오만 년 동안 이러한 그리움을 느끼며 살고 있었다.

깨진 동상 머리는 그들에게 이렇게 말했다.

"친구들이여! 절대로 희망을 잃지 말게. 언젠가는 우리도 햇빛을 보게 될 거야. 빨간색, 초록색, 분홍색, 파란색, 노란색을 다시 보게 될 거라고. 다시 공기를 마시게 될 거고, 물을 만나게 될 거야."

베도라치 화석과 한쪽 껍데기만 남은 홍합은 깨진 동상 머리를 이해할 수가 없었다.

"희망이 뭐야?"

깨진 동상 머리는 그들에게 희망이 무엇인지를 설명해 주었다.

"희망은 미래에 대해 행복하고 아름다운 것을 바라고 기다리는 것이지."

미래라고? 베도라치 화석과 한쪽 껍데기만 남은 홍합은 미래에 대해서도 아는 것이 없었다. 베도라치 화석은 불평을 늘어놓았다.

"이십만 년 전 그 거대한 혼란에서 어마어마하게 넓은 숲과 수많은 동물들이 순식간에 땅속으로 파묻히고 말았어. 모두 썩어서 자연 속에 녹아들고 말았지. 난 이 석회질 바위 속에 화석으로 남았고……. 아, 나도 그들처럼 썩어서 녹아 버렸더라면, 이렇게 아름다운 과거를 떠올려 가며 괴로워하진 않아도 될 텐데……."

한쪽 껍데기만 남은 홍합도 불평을 늘어놓았다.

"그 끔찍한 혼란이 일어났을 때, 수많은 물고기와 벌레들이 땅속에 묻혔어. 모두 썩어 없어졌지. 나도 그들처럼 자연과 섞였더라면 지금처럼 그 아름다운 날들을 기억하며 가슴 아파하진 않아도 될 텐데……."

깨진 동상 머리가 말했다.

"절대로 희망을 잃지 마. 우리 모두 구조될 거야. 공기, 물, 그리고 태양을 다시 만날 수 있을 거야. 언젠가는 우리도 이 어둠 속에서 해방될 거라고."

베도라치 화석이 물었다.

"누가 우릴 구해 줄 건데?"

한쪽 껍데기만 남은 홍합이 대답했다.

"우린 수천 세기 동안 이곳에 있었어. 그렇지만 아무도 우릴 구해 주지 않는걸."

깨진 동상 머리가 다시 말했다.

"조금만 더 기다려 봐. 인간들이 우릴 이 땅속에서 구해 줄 거야."

베도라치 화석이 물었다.

"왜 우릴 구해 주지?"

깨진 동상 머리가 대답했다.

"인간이라는 창조물은 끊임없이 무엇인가를 바꾸고 싶어 하거든. 기다려, 절대로 희망을 버리지 마. 언젠가는 인간들이 우리가 묻혀 있는 땅도 파헤쳐 줄 거야. 인간들은 분명히 그럴 거야. 정말로 대단한 창조물이지. 그들은 쉼 없이 자연을 변화시키고 싶어 해.

그래서 끊임없이 땅을 파헤치지. 땅속에서 갖가지 광물도 캐내고 황금도 캐내고……. 어디 그뿐이야? 길도 만들고 터널도 뚫어. 그리고 땅을 파서 기초를 세운 다음 건물을 짓기도 하지. 그것 말고도 인간들이 얼마나 많은 일들을 하는지 너희는 상상도 하지 못할 거야. 기다려, 인간들이 우리를 여기서 반드시 꺼내 줄 테니. 절대로 희망을 잃지 말라고."

깨진 동상 머리는 십 년, 이십 년, 오십 년, 백 년 쉬지 않고

이 말을 반복했다. 인간에게 갖는 희망을 절대로 포기하지 않았다. 아니, 어쩌면 그는 백 년, 오백 년이 아니라 땅속에 묻힌 뒤로 이천오백 년 동안 항상 이렇게 말해 왔는지도 몰랐다.

"인간들은 어차피 땅속을 뒤집어엎을 테니까, 언젠가는 여기에도 차례가 올 거야. 그날이 오면 우리도 태양과 공기, 물 들을 만날 수 있어."

동상 머리는 희망을 갖고 있었다. 베도라치 화석과 한쪽 껍데기만 남은 홍합에게도 이천오백 년 동안 이렇게 희망을 주었다.

이십만 이천오백 년 동안 땅속에 묻혀 있던 베도라치 화석과, 십오만 이천오백 년 동안 땅속에 파묻혀 있던 한쪽 껍데기만 남은 홍합이 "언제?" 하고 물었다.

깨진 동상 머리가 말했다.

"희망을 잃지 마. 삼천 년, 오천 년이 지나고, 더 많은 세월이 지나도 절대로 희망을 잃지 마. 인간은 결국 이곳을 파헤칠 테니. 그러면 우린 여기에서 벗어날 수 있어. 그래서 태양과 공기, 물 들을 다시 만나게 될 거야."

나는 차탈쟈(터키의 지명)에 천오백 평 정도의 땅을 샀다. 그리고 우물을 팠다. 인부들이 구 미터가량 파 내려갔지만 물은 나오지 않고 진흙층이 나타났다.

우리는 이 진흙층 속에서 깨진 동상의 머리 부분을 발견했다. 대리석으로 조각된 것이었다. 물을 찾기 위해 십일 미터쯤 더 깊이 파 내려가자 이번에는 모래석이 나왔다. 그 모래석 속에 껍데기가 하나밖에 없는 홍합이 파묻혀 있었다.

우리는 물을 찾기 위해 더 깊은 곳으로 파 내려갔다. 십삼 미터 정도 내려가자 석회질로 된 바위가 하나 나타났다. 그것을 깨뜨려서 위로 끌어올리자 그 속에 베도라치 화석이 들어 있었다. 나는 이 셋을 정성스럽게 닦아 광택을 낸 뒤 내 서재의 책장에 나란히 올려놓았다.

그리고 십오 미터가량 땅속으로 더 파 내려갔을 때, 마침내 콸콸 소리를 내며 흐르는 물이 나왔다. 베도라치 화석과 한쪽 껍데기만 남은 홍합, 그리고 깨진 동상 머리는 땅속에서 수천 년을 기다린 끝에 태양과 공기, 물을 만나게 된 것이다.

이 셋은 지금 내 책장에 나란히 놓여 있다.

터키의 작은 거인, 아지즈 네신

풍자 문학의 거목

아지즈 네신(Aziz Nesin, 1915~1995)은 터키의 풍자 문학사에 커다란 획을 그은 작가이다. 터키 사람들은 풍자 문학사를 논할 때, 아지즈 네신의 문학 작품들을 기준으로 전, 후기를 가른다. 그만큼 아지즈 네신이 터키의 풍자 문학사에서 차지하는 비중이 큰 셈이다.

그의 본명은 메흐멧 누스렛(Mehmet Nusret)이다. 1915년 터키의 이스탄불에서 태어났다. 사관 학교를 졸업한 뒤, 이 년가량 예술 아카데미에서 문학 공부를 하였다. 졸업 후에는 터키의 곳곳에서 직업 군인으로 근무하였다. 이때부터 그는 '베디아 네신'이란 필명으로 시를 쓰기 시작했다.

1944년에 육군 중위로 퇴역한 뒤, 신문 기자를 거쳐 저널리

스트로 일했다. 신문 기자 시절, 〈카라괴즈〉 등의 신문에 발표한 사회 풍자 소설과 콩트가 독자들의 사랑을 받으면서 큰 인기를 끌었다.

그는 작품 속에 인간의 결점과 사회의 부조리에 대한 풍자를 즐겨 담아내었다. 시뿐만 아니라 소설, 희곡, 평론 등 다양한 장르를 넘나들면서 백여 권이 넘는 작품을 남겼다.

현재 그의 작품들은 영어, 독어, 프랑스어, 러시아어 등 세계 각국의 28개어로 번역되어 소개되고 있다. 또 이탈리아를 비롯해서 러시아, 루마니아, 불가리아 등에서는 세계적인 권위를 자랑하는 풍자 문학상을 휩쓸기도 했다.

아쉽게도 우리나라에는 그의 작품이 딱 한 편 소개되어 있는데, 지난해 나의 졸역으로 펴낸 《제이넵의 비밀 편지》가 그것이다.

아지즈 네신의 문학 세계는 '풍자'라는 말로 간단히 표현될 수 있을 것 같지만, 그 안을 자세히 들여다보면 한없이 다채롭다. 문학이라는 창을 통해서 정치와 교육, 종교, 문화, 사회 문제 등 여러 분야를 한눈에 조명해 내고 있기 때문이다.

즉 그것들이 고질적으로 지니고 있는 부패와 부조리, 악습, 그리고 폐단을 '풍자'라는 칼날로 예리하게 재단해 보이고 있는 셈이다.

어린이와 청소년들에게 사랑을!

아지즈 네신은 어린 시절을 몹시 가난하게 보냈다. 당대에 손꼽히는 작가의 반열에 오른 후에도 검소하다 못해 '구두쇠'라는 말을 들을 정도로 소박한 생활을 하였다.

터키에서 공부할 때, TV 토론 프로그램에서 그의 모습을 자주 보았다. 무엇보다 가장 인상적이었던 것은, 그가 방송에 출연할 때마다 매번 똑같은 스웨터를 입고 있었던 일이다.

그는 이렇듯 검소하게 생활하며 알뜰하게 모은 재산을 모두 '네신 재단'을 설립하는 데 바쳤다. 그것도 모자라, 인세를 비롯한 자신의 모든 수입을 이 재단에 기증하였다. 부모 없는 아이와 가난한 아이들에게 교육의 기회를 제공하기 위해서였다.

자기 자신에게는 더없이 철저하였지만 이웃에게는 후덕하기 그지없었던 대가의 일면을 엿볼 수 있는 대목이라 하겠다.

그는 네신 재단을 설립한 이유를 이렇게 설명했다.

"무엇보다 내가 가난하게 자랐기 때문이다. 사회에 대한 빚을 갚고 싶었다. 내가 사회로부터 받은 것을 그대로 돌려주고 싶었을 뿐이다."

자신이 매우 불우한 환경에서 자랐음에도 불구하고 문제아가 되지 않은 것은 부모님의 따스한 사랑이 있었기 때문이라고 한다. 자신도 고아들에게 그런 부모가 되고 싶었다고……

지난 겨울, 이스탄불 근교에 있는 '네신 재단'을 방문하였다. 현재 재단 건물에는 갖가지 사연을 가진 아이들이 모여 살고 있었다. 부모를 잃은 아이들, 버려진 아이들, 가정에 문제가 있어서 스스로 집을 나온 아이들······.

그 건물에는 극장과 수영장, 도자기 제작실, 목공소, 동물 농장, 운동장 등 갖가지 교육 시설과 문화 시설이 갖추어져 있었다. 덕분에 그곳 아이들은 학교 공부 외에도 다양한 체험을 해 볼 수 있는 기회가 많았다.

재단 건물에 살고 있는 아이들은 정신적으로 상처를 입은 경우가 많았다. 그 아이들을 위해 아동 심리 치료사를 건물 안에 상주하게 한 점 또한 퍽 인상적이었다.

아이들은 평화로워 보였다. 그가 묻혀 있는 정원에서 마음 껏 뛰어놀고 있는 그들의 모습을 바라보노라니, 자신의 주검이 묻힌 자리까지 아이들에게 기꺼이 내놓은 그의 넉넉하고 따뜻한 마음이 가슴을 촉촉하게 적셔 왔다.

재단 건물의 한 층은 아지즈 네신 박물관과 도서관으로 운영되고 있었다. 그곳에서 재단의 농장에서 재배된 신선한 채소를 곁들인 점심 식사를 대접받았다. 순간 어린이와 청소년들을 향한 아지즈 네신의 녹녹한 사랑이 그 채소들을 통해 내속으로 스며 들어오는 듯한 착각이 일었다.

책의 인세와 판매액이 재단의 운영 자금에 중요한 부분을 차지한다는 관계자의 말을 들으니 새삼스레 뿌듯한 기분이 들기도 했다. 그의 유언에 나도 한몫 하고 있구나, 하는 생각이 들어서……

영원히 살아 숨쉬는 작은 거인

아지즈 네신은 어른들을 위한 작품들뿐만 아니라, 어린이와 청소년들을 위한 풍자 작품들도 많이 집필하였다. 이 책에 실린 작품들도 그가 어린이와 청소년을 위해서 집필한 작품집들 가운데서 우리의 정서에 부합하는 것들을 가려 뽑은 것이다.

작품에 등장하는 주인공들은 대개 동, 식물이다. 미물의 세계를 통해서 인간 세상을 슬며시 꼬집어 주고 있는 것이다. 제국주의의 허울과 폐해, 하찮게 보이는 파리의 끝없는 도전, 인간들의 권력욕과 질투심, 무화과 씨 한 알의 괴력, 환경을 파괴하는 인간의 모습 등등.

이 모든 작품에서 아지즈 네신이 독자들에게 말하고 싶어 하는 것은 모두 맥을 같이한다. 자유와 평등, 화해가 꽃피는 세상, 인간이 존중받는 세상, 억압에서 해방된 새로운 인간상의 구현……. 이 책에 실린 작품들은 때묻지 않은 어린이와 청소년들의 가슴에 새 세상의 꿈을 심어 주려는 의도에서 탄생

되었다. 하지만 어른들이 읽어도 동질의 감동과 재미를 느낄
수 있다는 점에서 더욱 빛을 발한다.

그는 힘 없는 이들의 입과 귀 노릇을 하느라 수년간 옥살이
를 하기도 했다. 하지만 생을 다하는 날까지 두려움 없이 세상
에 맞서 살았으며, 두려움 없이 자신의 생각을 펼쳐 보였다.
터키 사람들은 이런 그를 가리켜 '작은 거인'이라 부른다. 비
록 키는 작지만 그릇은 크디큰……. 그에게 딱 맞는 닉네임이
란 생각이 들었다.
끝으로, 그를 좋아했던 작가와 생전에 나누었던 대화의 일
부를 인용하며 이 글을 마치려 한다.

네신 : (웃으며) 이보게, 내가 죽은 뒤, 나에 대해 좋은 글
　　　써 줄 건가?
작가 : 아니요, 선생님. 쓰지 않을 겁니다.
네신 : 왜?
작가 : 선생님은 영원히 사실 테니까요.

2005년 3월
이 난 아

옮긴이 **이난아**
한국외국어대학교 터키어학과를 졸업한 뒤, 터키 국립 이스탄불 대학(석사)과 앙카라 대학(박사)에서 터키 문학을 전공했다. 앙카라 대학 한국어문학과에서 5년간 외국인 교수로 강의했으며, 2005년 현재 한국외국어대학교 중동 연구소 연구 교수 및 터키어학과 강사로 있다.
옮긴 책으로 《내 이름은 빨강》《새로운 인생》《제이넵의 비밀 편지》《개가 남긴 한마디》《선물은 누구의 것이 될까?》 등이 있고, 엮은 책으로는 《세계 민담 전집-터키 편》이 있다. 그리고 《한국 단편 소설집》과 《이청준 수상 전집》을 터키어로 번역, 소개했다.

그린이 **이종균**
CATV (주)투니버스에서 컴퓨터 그래픽(CG) 애니메이션 PD로 근무했으며, KBS TV 애니메이션 〈아장닷컴〉의 아트 디렉터로 일했다. 현재 프리랜서 일러스트레이터로 활동 중이며, 경기대학교 애니메이션학과에서 강의를 하고 있다.

당나귀는 당나귀답게

첫판 1쇄 펴낸날 2005년 4월 18일
44쇄 펴낸날 2024년 3월 20일

지은이 아지즈 네신 **옮긴이** 이난아 **그린이** 이종균
발행인 김혜경 **편집인** 김수진
주니어 본부장 박창희
편집 정예림 강민영
디자인 전윤정 김혜은
마케팅 최창호 임선주
경영지원국 안정숙
회계 임옥희 양여진 김주연

펴낸곳 (주)도서출판 푸른숲
출판등록 2003년 12월 17일 제2003-000032호
주소 경기도 파주시 심학산로 10, 우편번호 10881
전화 031) 955-9010 **팩스** 031) 955-9009
인스타그램 @psoopjr **이메일** psoopjr@prunsoop.co.kr
홈페이지 www.prunsoop.co.kr

ⓒ푸른숲주니어, 2005
ISBN 978-89-7184-428-1 43890
　　　 978-89-7184-419-9 (세트)